Gold Comes in Bricks

新編賈氏妙探

之3 黃金的秘密

賈德諾 Erle Stanley Gardner 著　周辛南 譯

目錄
Contents

Gold Comes in Bricks

出版序言

關於「妙探奇案系列」

當代美國偵探小說的大師，毫無疑問，應屬以「梅森探案」系列轟動了世界文壇的賈德諾（E. Stanley Gardner）最具代表性。但事實上，「梅森探案」並不是賈氏最引以為傲的作品，因為賈氏本人曾一再強調：「妙探奇案系列」才是他以神來之筆創作的偵探小說巔峰成果。「妙探奇案系列」中的男女主角賴唐諾與柯白莎，委實是妙不可言的人物，極具趣味感、現代感與人性色彩；而每一本故事又都高潮迭起，絲絲入扣，讓人讀來愛不忍釋，堪稱是別開生面的偵探傑作。

任何人只要讀了「妙探奇案」系列其中的一本，無不急於想要找其他各本，以求得窺全貌。這不僅因為作者在每一本中都有出神入化的情節推演，而且也因為書中主角賴唐諾與柯白莎是如此可愛的人物，使人無法不把他們當作知心的、親近的朋友。「梅森探案」共有八十五部，篇幅浩繁，忙碌的現代讀者未必有暇遍覽全集。而「妙探奇案系列」共為廿九部，再加一部偵探創作，恰可構成一個完整而又連貫的「小全集」。每一部故事獨立，佈局迥異；但人物性格卻鮮明生動，層層發展，是最適合現代讀者品味的一個偵探系列。雖然，由於賈氏作品的背景係二次大戰後的美國，與當今年代已略有時間差異；但透過這一系列，讀者仍將猶如置身美國社會，飽覽美國的風土人情。

本社這次推出的「妙探奇案系列」，是依照撰寫的順序，有計劃的將賈氏廿九本作品全部出版，並加入一部偵探創作，目的在展示本系列的完整性與發展性。全系列包括：

①來勢洶洶 ②險中取勝 ③黃金的秘密 ④拉斯維加，錢來了 ⑤一翻兩瞪眼 ⑥變！失蹤的女人 ⑦變色的色誘 ⑧黑夜中的貓群 ⑨約會的老地方 ⑩鑽石的殺機 ⑪給她點毒藥吃 ⑫都是勾搭惹的禍 ⑬億萬富翁的歧途 ⑭女人等不及了 ⑮曲線美與痴情郎 ⑯欺人太甚 ⑰見不得人的隱私 ⑱探險家的嬌妻 ⑲富貴險中求 ⑳女人豈是好惹的 ㉑寂寞的單身漢 ㉒躲在暗處的女人 ㉓財色之間 ㉔女秘書的秘密 ㉕老千計，狀元才 ㉖金屋藏嬌的煩惱 ㉗迷人的寡婦 ㉘巨款的誘惑 ㉙逼出來的真相 ㉚最後一張牌。

本系列作品的譯者周辛南為國內知名的醫師，業餘興趣是閱讀與蒐集各國文壇上高水準的偵探作品，對賈德諾的著作尤其鑽研深入，推崇備至。他的譯文生動活潑，俏皮切景，使人讀來猶如親歷其境，忍俊不禁，一掃既往偵探小說給人的冗長、沉悶之感。因此，名著名譯，交互輝映，給讀者帶來莫大的喜悅！

譯序

美國有史以來最好的偵探小說

周辛南

賈氏「妙探奇案系列」，（Bertha Cool—Donald Lanm Mystery）第一部《來勢洶洶》在美國出版的時候，作者用的筆名是「費爾」（A. A. Fair）。幾個月之後，引起了美國律師界、司法界極大的震動。因為作者大膽的在小說裡寫出了一個方法，顯示美國人在現行的美國法律下，可以在謀殺一個人之後，利用法律上的漏洞，使司法人員對他無計可施，只好讓他逍遙法外。

於是「妙探奇案系列」轟動了美國的出版界、讀書界和法律界，到處有人打聽這個「費爾」究竟是何方神聖？

作者終於曝光了，原來「費爾」就是名作家賈德諾的另一個筆名。史丹利·賈德諾（Erle Stanley Gardner）是美國當代最著名的作家之一。他本身是法學院畢業的律師，早期執業於舊金山，曾立志為在美國的少數民族作法律辯護，包括較早期的中國移民在內。律師生涯平淡無奇，倒是發表了幾篇以法律為背景的偵探短篇頗受歡迎。於是改寫長篇偵探推理小說，創造了一個五、六十年來全國家喻戶曉，全世界一半以上國家有譯本的主角——梅森律師。

由於「梅森探案」的成功，賈德諾索性放棄律師工作，專心寫作，終於成為美國有史以來第一個最出名的偵探推理作家，著作等身，已出版的一百多部小說，估計售出七億多冊，為他自己帶來巨大的財富，也給全世界喜好偵探、推理的讀者帶來無限樂趣。

賈德諾與英國最著名的偵探推理作家阿嘉沙．克莉絲蒂是同時代人物，都活到七十多歲，都是學有專長，一般常識非常豐富的專業偵探推理小說家。

賈德諾因為本身是律師，精通法律。當辯護律師的幾年又使他對法庭技巧嫻熟，所以除了早期的短篇小說外，他的長篇小說分為三個系列：

一、以律師派瑞．梅森為主角的「梅森探案」；

二、以地方檢察官Doug Selby為主角的「DA系列」；

三、以私家偵探柯白莎和賴唐諾為主角的「妙探奇案系列」；

以上三個系列中以地方檢察官為主角的共有九部。以私家偵探為主角的有二十九部，梅森探案有八十五部，其中三部為短篇。

梅森律師對美國人影響很大，有如當年英國的福爾摩斯。「梅森探案」的電視影集，台灣曾上過晚間電視節目，由「輪椅神探」同一主角演派瑞．梅森。

研究賈德諾著作過程中，任何人都會覺得應該先介紹他的「妙探奇案系列」。讀者只要看上其中一本，無不急於找第二本來看，書中的主角是如此的活躍於紙上，印在每個讀者的心裡。每一部都是作者精心的佈局，根本不用科學儀器、秘密武器，但緊張處處令人透不過氣來，全靠主角賴唐諾出奇好頭腦的推理能力，層層分析。而且，這個系列不像某些懸疑小說，線索很多，疑犯很多，讀者早已知道最不可能的人才是壞人，以致看到最後一章時，反而沒有興趣去看他長篇的解釋了。

美國書評家說：「賈德諾所創造的妙探奇案系列，是美國有史以來最好的偵探小說。單就一件事就十分難得——柯白莎和賴唐諾真是絕配！」

他們絕不是俊男美女配：

柯白莎：女，六十餘歲，一百六十五磅，依賴唐諾形容她像一捆用來做籬笆，帶刺的鐵絲網。

賴唐諾：不像想像中私家偵探體型，柯白莎說他掉在水裡撈起來，連衣服帶水不到一百三十磅。洛杉磯總局兇殺組宓警官叫他小不點。柯白莎叫法不同，她常說：「這小雜種沒有別的，他可真有頭腦。」

他們絕不是紳士淑女配：

柯白莎一點沒有淑女樣，她不講究衣著，講究舒服。她不在乎別人怎麼說，我行我素，也不在乎體重，不能不吃。她說話的時候離開淑女更遠，奇怪的詞彙層出不窮，會令淑女嚇一跳。她經常的口頭禪是：「她奶奶的。」

賴唐諾是法學院畢業，不務正業做私家偵探。靠精通法律常識，老在法律邊緣薄冰上溜來溜去。溜得合夥人怕怕，警察恨恨。他的優點是從不說謊，對當事人永遠忠心。

他們也不是志同道合的配合，白莎一直對賴唐諾恨得牙癢癢的。

他們很多地方看法是完全相反的，例如對經濟金錢的看法，對女人——尤其美女的看法，對女秘書的看法……

但是他們還是絕配！

賈氏「妙探奇案系列」，為筆者在美多年收集，並窮三年時間全部譯出，全套共三十冊，希望能讓喜歡推理小說的讀者看個過癮。

第一章 案子上門

柯白莎深深歎口氣，把自己塞進一張可以摺疊的木椅子去，扶手兩側溢出來的是她多餘的脂肪。她點上一支菸，手指上的金鋼鑽，在照向鋪了榻榻米的高燈強光下，畫出了一個半圓的閃光來。比起其他地方沒有人，幽暗的健身房來，她的戒指有如太陽光下一滴海水。

那日本人，光著腳，穿了一套漂白了的粗麻裝，看向我，臉上一點表情也沒有。我冷得發抖。他給我的衣服太大了。裡面只穿短褲的我，覺得自己像裸體的，身上起了雞皮疙瘩。

「橋田，給他下點功夫。」白莎說。

大得出奇的健身房裡，只有我們三個人。那日本人用嘴唇強調地向我微笑，我看到他兩排潔白，不整齊的牙齒。無情的強光發自埋在飲馬水槽型，馬口鐵製成，高吊在罩子裡的幾個五百燭光燈泡，直接照我頭上。那日本人全身是結實的肌肉。他有動作時，日光曬黑的皮膚下，看得到肌肉在蠕動。

他看向白莎。他說：「第一課，不能操之過急，慢慢來。」

白莎猛抽了一口菸。她的眼光硬如鑽石。她說：「橋田，他是個聰明的小子。他學起來很快的，尤其花我鈔票的時候。我要他速成，我才不吃虧。」

橋田的眼光還是看著我。「柔道，」他用單調的聲音解釋給我聽。「是力的轉換，對方提供力，你改變他的方向。」

我看到他說了這句話後停了下來，知道該我點頭了，我就點點頭。

橋田自衣襟裡拿出一支短銃轉輪槍。鍍鎳都已經褪掉了，槍管也銹了。他打開圓筒給我看沒有裝子彈，是支空槍。

「對不起，」他說：「貴學生請把槍拿去，用右手拿著，舉槍，扣板機。快，請。」（『快』在前，『請』在後，係日語方式。）

我把槍拿到。

柯白莎臉上的表情有如她在墨西哥看鬥牛。

「快請。」橋田說。

我把槍舉起。

他輕輕伸個手出來輕蔑地把我的手推開。「請不要太慢。假裝我是大大的一個壞人。你舉槍。快！請，你扣扳機，在我動作之前。」

我記得我看過西部片，陰險的人都是在別人不注意的時間開槍的，也總是一面舉槍，一面就在扣板機了。這是一種扣一半撞針舉起，繼續扣下去撞針撞下的槍，我突然把槍舉向他，同時扣扳機。

橋田就站在我前面，是個大靶子，我幾乎可以確定槍裡如果有子彈，他一定會應聲倒地的。

突然，我發現橋田已不在前面，他已開始行動了，我試著用槍指向他行動的方向，但是他動似脫兔。

黃色強硬的手指一下扣住我的手腕。橋田既不在我正前，也不在我後面，他在我腋下，背部向著我。我的上臂在他肩上。他把我的右腕下壓，他的肩頭用大腿的力量上升壓住我腋窩，我的腿離開地面，上面的強光，地下的榻榻米互換位置。我感到自己在空中停留了幾秒鐘，一下被摔落到榻榻米上。

著地瞬間，我的胃不舒服得厲害。

我試著想站起來，但是肌肉不聽使喚，反倒使我想吐了。橋田低下身來，抓住我手腕和手臂把我一提，我像自榻榻米上被彈起一樣站了起來。他的牙齒一下全露了出來。槍在他身後地上。

「簡單就這樣。」他的日語式會話又出籠了。

柯白莎的戒指隨著她的手在動，鑽石閃光在亂射。

橋田抓住我肩頭，推我的背，把我右臂抬起。「就這樣，請。我來教你。」他把請加在最後，我知道一定是日語中的「苦得煞伊」了。

他大笑——神經質，無希望地笑。我也知道，強光下，廣大的場地中央，我站在那裡，身子彎曲，右臂前伸，右腕下垂，身子在前後搖晃。

橋田說：「現在你注意看，請。」

他慢慢分解動作地把身體移動，示範給我看，我一如在電視上看慢動作重播。他左膝微屈，重心移向左前到左臂，再升起來的時候，他身體移轉。他右手前移。他的手指漸漸扣住我右腕，左踝在榻榻米上旋轉。他的左肩頂上我右腋窩，手腕的力量加強。我右肘被扭到無法彎曲的位置，他加強壓力，把我整個上肢當一個槓桿。他加強壓力等我感到疼痛，不自覺雙腿又離了地。他把壓力放鬆，慢慢把我放下，站著對我笑。

「現在，你試試。」他說：「開始，慢一點，請。」

他站在我前面，右手向前伸出。

我用手抓向他手腕，他不耐地把我推開。「不要忘了左膝在先，學生，請。左膝先彎曲向前，同時出右手。第二步，旋轉手腕，足踝要同時，如此對方肘部就彎不起來。」

我又試。這一次比較好了一點。他點點頭，但是有點明顯的不太熱心。

「現在，試著對付槍，請。」

他拿槍在手，把手抬起用槍指向我，我記得出左腳，用右手快速抓向他手腕。我差兩寸沒有抓住，自己也失去了平衡。

他太講究禮貌，不好意思笑。如此對我而言更糟。

我聽到我自己衝出榻榻米舖的地方，光腳在健身房拍嗒拍嗒保持平衡的聲音。

橋田說。「抱歉，請。」他轉身。他眼睛斜著，瞇成一條線，看向已衝出強光，進入黑暗中的我。

這樣我看到了正在向前走，但仍在暗處的男人。那男人抽著一支雪茄，帶了一副眼鏡，看得出眼珠是褐色的，年齡在四十歲左右。他的衣服裁製得很好，強調胸部的凸出和腹部的收縮。但是，即使如此，仍掩不住看得出他雙肩是陡削的，肚子大得像西瓜。

「你是柔道教練嗎？」他問。

橋田露出牙齒，走向前。

「我姓薄，薄好利。海富郎叫我來看你。我等你有空再聊好了。」

橋田把有力的手伸出來和他握手。「初見面。」他說：「高貴的朋友可以坐，請。」

橋田的動作是快如捷豹的。他抓起一張可以摺疊的帆布木椅，一下揮開，木椅發出聲音並有爆裂感。他把張開的木椅放在白莎的椅子邊上。「十五分鐘好嗎？」他問：「學生在上課。」

「沒問題。」薄好利說：「我等。」

橋田向白莎深深一鞠躬。他又向我鞠躬致歉。他再向薄好利鞠躬。他說：「再來試，請。」

我向已在白莎身旁坐下的薄好利看去。他也用好奇的眼光在看我。當著白莎的面受這種訓練已經不好受了，再加一個外人參觀，實在是無可忍受了。

「你先去辦事，」我對橋田說：「我來等好了。」

「你會受涼的，唐諾。」白莎警告道。

「不要，不要，你們教你們的。」薄好利把拿在手裡的帽子放在椅旁地上。「我一點也不急，我——也想看看。」

橋田面向我，牙齒軋礫磨出聲音來。「我們再試。」他拿起槍來。

我看到他不在意地抬手，我咬緊牙關，向前衝出，伸手抓住他手腕，我驚奇地發現這並不困難，我肩部頂向他腋窩，我把他上臂向下壓。

意想不到的奇蹟出現了。我知道橋田故意跳起來一點，但效果是非常令人注目的。他自我頭上翻過。我看到他雙腳自空中飛過，兩條腿在強光下形成陰影。他像隻貓在空中翻身，掙脫我的手，雙腳輕巧地落地，手槍落在地上。我幾乎可以肯定，他是有意脫手的。但是觀眾不知道。觀眾的興趣一點也沒有因為他故意的行動減弱。

白莎說：「嘿！小不點的學習能力真強！」

薄好利快速地看向柯白莎，又看向我，閃著欽佩的眼光。

「很好。」橋田說：「非常，非常好。」

我聽到白莎不在意地在告訴薄好利。「他是替我工作的。我開一個私家偵探社。這小不點有事無事常挨別人的揍。以拳擊言，他太輕了，我認為由日本人教他柔道，正好。」

薄好利轉頭以便好好看她一下。他只能見到白莎的側面。她正用冷而硬的眼光全神地在看我。

白莎全身都可以說是硬朗的。她個子大，都是肉，不過都是瘦肉。她粗脖闊肩，大胸，大臂，胃口也大。她不在乎自己體形，她愛吃。

「偵探，你說你是偵探？」薄好利問白莎。

橋田對我說：「我們現在來看我示範分解動作。」

柯白莎眼光仍看著我們。「是的——柯氏私家偵探社。在學柔道的是我部下，賴唐諾。」

「他替你做事？」薄好利問。

「是的。」

橋田自身上掏出一把橡皮製的假匕首。把刀柄向我遞來，叫我拿著。

「這傢伙是個小不點，但是他腦筋好得很，」白莎繼續對薄好利說：「你不會相信的，但是他還是個律師，領過執業熱照。他們把他踢出來，因為他告訴一個人，去做件謀殺案，可以保證無事。他有辦法一步一步去……」

橋田說：「用刀刺我，請。」

我抓緊刀子用力向前戳。橋田出擊，抓住我手腕和手背，不知如何我又飛上了天。

當我站起身來時，我聽到白莎在說：「——保證會滿意。很多偵探社不接離婚和政治案件。我只要有錢賺，什麼都接。我不在乎誰或辦什麼，鈔票第一。」

薄好利現在真的在仔細看她了。

「我想，我應該能相信你們工作能守密的囉？」薄問。

柯白莎對我在做什麼現在已經沒興趣了。「老天！當然。百分之百！你對我說任何事都不會傳出去。」

「建議精神要集中，請。」橋田說：「剛才這一跤摔得不好看，既已被摔出去，落地要用腳，馬上警備敵人第二次攻擊。」

柯白莎不知什麼時候已站起身走向門口。她連頭也不回，她說：「唐諾，快穿起衣服來，我們有案要辦了。」

第二章　憑票即付的兩張支票

我坐在辦公室外等著。我可以聽到柯白莎辦公室傳出來的低低交談聲。白莎在和顧客討論價格的時候，從不喜歡我在旁邊聽的。她給我月薪，而且相當刻薄，用最少代價搾取最多勞力。

二十分鐘後，她叫我過去。自她臉上，我知道討價還價後，對她很有利。薄好利坐在客戶椅上（這張椅子很不舒服，後來換掉了），他的身子接觸到椅子的只有兩點——頸子根部和褲後口袋。如此的坐姿使他胸部塌陷下去，頭頸又向前戳出。他這樣坐法才把肚子坐大，還是肚子大了，才如此坐的，我不知道。

白莎擠出笑容，甜蜜地說：「唐諾，你坐。」

我坐。

白莎戴了鑽戒的手，把一張支票裝進抽屜裡一個現鈔箱去，動作很快，我連看一眼支票上的數字都沒有機會。「是我來告訴他，」白莎問薄好利：「還是你來說？」

薄好利嘴裡有一支新雪茄。由於他頸子是向前彎著，所以他只能自眼鏡的上面看向我。本來在抽那支雪茄的菸灰落得他背心上斑斑點點。新的一支才開始抽，菸灰尚不多。「你來說。」他說。

白莎把一件複雜的事實，變成簡單的敘述：「薄好利是去年結的婚。薄佳樂是他第二任太太。薄先生第一次婚姻時有一位女兒，叫雅泰。前妻死後，她的一半財產歸了我們的當事人，薄好利先生。」白莎同時用手指向薄好利指一指，好像是一個老師在上課時指黑板上的一個數字給學生看。「另外一半，當然給了她女兒雅泰。」她看向薄好利說：「我記得你並沒有告訴我，這筆財產的數目。」

薄好利的眼珠子骨溜溜自眼鏡上面，從我看向她。「是的，我沒有說。」他說。說話的時候他沒有把雪茄從口上取下，菸灰掉了不少在他領帶上。

白莎用快快接下去說話掩住這一點窘態。「現任的薄太太以前也結過婚——前夫姓丁。兩人有個男孩，名叫丁洛白。這都是背景。由於媽媽再嫁，洛白覺得日子好過得很。薄先生，是嗎？」

「是的。」

「薄先生要他去工作，」白莎繼續道：「他就表示他的獨特態度，由於他『我為大』的人格……」

「他根本沒有人格，」薄好利插入道：「他也沒有任何經歷。有一些他媽媽的朋友，為了他和我有名義上父子的關係，把他介紹進一個公司。那孩子想有一天吃定我，門也沒有。」

「這一點你自己告訴唐諾吧。」白莎說。

薄好利把雪茄自口中取出。「沒收農場投資公司，是由兩個人在控制，蘇派克和卡伯納。我太太認識卡伯納很久了——在和我結婚之前。他們給小洛一個職位。三個月之後，就把他升為銷售部經理。又兩個月，董事會叫他做總經理。你自己想想，他們要的目標是我。」

「沒收農場？」我問。

「那是公司名稱。」

「做什麼生意的？」

「礦產，礦業開發，採礦。」

我看向他，他看向我。白莎把問題提出來：「沒收農場投資公司怎麼會和開礦搞在一起？」

薄好利坐在椅子中又陷了一點下去。「我怎麼會知道？我根本也不想知道小洛的工作。我也不要他管我的事。我要是一問他問題，早晚他會叫我買他股票。」

我拿出小本子，把薄好利提過的名字記下來，又加一行，訪問沒收農場投資公司。

薄好利看起來和他在健身房時完全不同。他又自眼鏡上溜著眼看我，我覺得他像一隻雙耳和下唇下垂的大猛犬被繫在鏈條上。他的眼睛在說，假如多給他鏈條兩尺的距離，他會在我腿上咬下一口。

「你想要我們做什麼？」我問。

「其中之一，我要你做我的教練。」

「做什麼？」

「教練。」

柯白莎把兩臂上舉，不斷彎曲。做出二頭肌訓練狀。「訓練他體態。唐諾，你知道的——拳擊、柔道課程、角力、相撲、跑步訓練。」

我奇怪地看向白莎。在健身房這種地方那有我的地位。這個工作不是我幹得了的呀！

「薄先生的目的，是要你和他在家裡。」白莎繼續解釋道：「絕對不可以讓別人知道你是個偵探。他家裡人都知道，他想把身體練好。他本來的目的是想把橋田請到他家中去做他教練的。同時他又想請一個私家偵探。在健身房，他一看到你的表現，他立即想到把你請回家做教練，不就一切都解決了。」

「你想要偵探做什麼呢？」我問。

「我想查出來我女兒在怎樣花錢，什麼人在大量吸取她的錢——還有，為什麼。」

「她被勒索嗎？」

「我不知道，真有此事的話，我要你查出來。」

「沒這回事呢？」

「查查看她的錢怎麼了。我看她可能被勒索，在賭錢，再不然小洛詎得她在經濟上支援他。任何一件對她都危險，對我都不適合。我不單是為她利益在考慮，我自己也處在相當尷尬的情況。任何一件發生在我家的經濟醜聞，都會引起不得了的……我想我說得太多了。我不喜歡。我們該速戰速決了。」

白莎說：「你把那日本人一下摔過肩，他就對你注意了。是嗎，薄先生？」

「不是。」

「怎麼啦？我以為——」

「我喜歡日本人摔他的時候，他的樣子。我們閒聊太久了。我們該開始工作了。」

我問：「有什麼跡象，你在懷疑你的女兒——」

「過去三十天內，兩張支票，」他打斷我說：「每張都是憑票即付的，每張一萬元，每張都轉入了亞特娛樂公司的帳。那是一個賭博事業——樓下餐廳只是個幌子。樓上賭場才是賺錢地方。」

「是不是她在那地方賭輸了錢了？」我問。

「不是，她樓上樓下都沒有去過。這我已經查明。」

我問：「你什麼時候要我去你的家裡？」

「今天就去。我不要你偷偷摸摸。我要你贏得雅泰的友誼。得她信任——說你能幹，可靠，健康，進取。」

「我看她不見得會選上一個體能教練來信任吧。」

「錯了，這正是像她這種人會做的事。她不是個勢利小人，她最恨勢利小人。你拍她馬屁，她反而冷落你。所以你錯了……不對，等一下。也許你對了……這樣好了，你不算職業教練。你是業餘的，不過是業餘中最好的。我在想支援你建立事業。我想辦一個健身房，專門給事業成功，身體日衰的男人恢復體態。湊他們的時間，在某一定時間內奏效，當然收費也高。這一切將由你來管理，你有薪水，領花紅。你不是教練，是這一行的內行，專家……給我自己先訓練一下，只是附帶的……交給我來辦好了。」

「好吧，那一部份交給你。而我的責任是查清楚，你女兒的鈔票流哪裡去了。就這一點對嗎？」

「就這一點！老天！這是一件你從來也沒有接手過的大案子。她是一支純鋼的彈簧，她是炸藥。假如她發現你是一個偵探。我就死啦。當然你也開除了，懂嗎？」

「但是，你的繼子又是怎麼回事？為什麼你要告訴我他的事業——」

「為的是不要你去管他的事，也要使雅泰遠離他的事。他是個繡花枕頭。他媽媽還以為他是天才。他自己也這樣想。你別受騙了。假如他說服了雅泰把錢抛入他的事業，我要事實，你告訴我，我來處理。我對他，也對他媽說過，我再也不給他一毛錢。他敢騙雅泰，就等於騙我。我……又講太多了。講完了，準備什麼時候走？」

「一個小時之內。」白莎替我講了。

薄好利扭動身子，勉強使雙手可以抓到椅子的把手。用他雙手，他把自己自椅子中撐起，站在地上。「好吧，坐計程車來好了。柯太太有我地址。我先回去鋪鋪路……賴，你記住了。不能讓人知道你是個偵探。一有人知道，就玩不成了。」他對白莎說：「你也把這一點記下了。你們不能亂動，雅泰太聰明了。你有一點不對，她就會知道的。有一點錯，你們自己等於一天放棄大洋一百元。」

原來如此！白天每天可以賺一百元，外加花費報銷。她和我的算法是工作一天，只有八元。不過保證每月不少過七十五元。

薄好利說：「賴，一小時後等你光臨。今晚你就可以和我家裡人見面——所有人，除了雅泰，她要去別的地方，晚上二、三點之前不會回來。我們每天早上七點半訓練，八點半早餐。有關教我一些柔道的事，我倒不是虛偽的。我很想重建一下我的肌肉。我太虛胖了。」

他自己在西服上身裡搖一搖他窄削的肩頭。我開始瞭解寬的墊肩在這種衣服上有多大的掩飾作用。

「唐諾一定會到的。」柯白莎說。

薄好利走後，白莎說：「你坐。」

我坐在椅子的把手上。

她說：「幹我們這一行有很多開支，像你這樣是不會知道的：房租、秘書薪水、保險、所得稅、營業稅、文具、紙張、水電、大廈管理費。」

「清潔費，」我建議。

「對，還有清潔費。」

「又如何？」

「沒什麼，我只是告訴你，你的工作在人浮於事的今日，還算是差強的工作，不過由於你近日表現也不差，所以我決定把你有案在辦時每天工作費改為十元。」

「十元呀！」我說。

「沒錯。」

「一天？」

「什麼意思？」

「只夠我一個人活命。不過老實說，我也不會做教練。」

「別這樣說話，唐諾。這件事我早想到了。我們繼續讓橋田每天在下午教你柔道，我告訴薄先生每天下午二點到四點你一定要回這裡報告情況。你就現學現賣，下午學的，第二天上午去教薄好利。學什麼教什麼，進度也一樣。」

「他不肯這樣的，我也不願意。」我說。

「喔！唐諾，哪有鴨子生出來自己知道會游泳的。媽媽把牠丟下水去，牠自然就會了。」

「我又怎樣來回呢？有多遠呀？」

「遠倒是太遠了，也無公車，不過他同意你回來做報告，所以也同意付計程車費。」

「多少？」

「你不必擔心，」柯白莎說：「我們這公司不會把所有開支費真使用在計程車上的。今晚我會開車送你去，送到快到他家一條街的遠近，你走一條街就到了。我每天下午二點會在同一地點等你出來。這樣我們又賺了他給的計程車費了。」

「實在沒有必要冒這種笨險，為了這蠅頭小利，很可能你就會失敗在這種原因上。」我一面告訴她，一面走出去，去整理行李。

第三章 偽裝健身教練

十點三十五分，白莎開車帶我到薄公館一條街之外把我放下。天下著濛濛細雨。我提著手提箱，走一步箱子撞一下我的腿。薄家是一排百萬富翁住宅中相當好的一家，有鋪了碎石的車道，裝飾用的樹，寬大的建築，有僕人侍候。

管家當然沒有聽到我有車子開進去。他看一下我沾著毛毛雨的帽沿，問我是不是賴先生，我說是的。

他說薄先生要馬上在書房接見我，他會替我把箱子拿去我的房間。

我進去，薄先生和我握手，開始介紹。薄太太比她丈夫年輕很多。她胸大，股大，是肉彈型的美。去掉十五磅才會更好看。目前嘛，衣服裡面的身體東突西突。顯然的，她不能靜下來。她喜歡把身體動個不停，搖呀搖，震呀震的。她的眼睛有獸性的活力。她上上下下看我，在我看來像是用手在摸我。

她和我握手。話自嘴中傾巢而出：「我看這是好利唯一有過的一次正確意見。我想我自己也應該參加來訓練訓練。最近兩年我自己增加了太多體重。我在發現自己有高血壓之前不是這樣的。我現在時常有頭痛，又不時有心痛。醫生說我不可以運動。不過我相信只要他控制好我高血壓，心臟病治好，准我運動，我一下就會瘦回來的。賴先生，我看你身材保持極好。你根本不重。」

她停下來，只夠讓她先生介紹一個叫卡伯納的男士給我。卡伯納是個四十幾歲天性快活的大胖子。他生成了一對含淚的魚眼，厚厚的手，喜歡拍別人的背。他穿了一身裁剪極好的衣服，像個見人說人活，見鬼說鬼話的推銷員。使大家發笑是他的座右銘。他有三重下巴，他笑的時候，三重下巴都會發抖，都會喜氣洋洋。兩側面頰上的肥油，在他微笑時會向上拉，把眼睛變成窄窄的一條縫。但是假如你仔細看他窄縫裡的眼睛，知道他眼睛並未改變。眼睛還是水汪汪，睿智的，有觀察力的。薄太太讚許地向他看看。他對她很慇勤的。

我在想，薄太太和卡先生在某一件事上一定是有關連的。他們倆有很多共同的地方——他們喜歡生活中美好的東西。他們為自己喜歡而生活。

薄太太好像始終沒有把我忘記。她說。「你看來半磅肥油也沒有。你個子小，但身體一定非常好。」

「我儘量保持體態而已。」

卡伯納說：「好利，看來我會做你們健身房的第一個顧客。我最近量了一下體重，自己都不相信會那麼重。」

薄太太說：「伯納，你還好，運動一下就可以復原了。是的，我也要運動。血壓一控制住我就去運動。瘦一點，又能像賴先生那樣結實，會有多好——不過我看起來，你做職業的摔角手會太輕了一點吧？」

「教練。」我糾正她說。

「我知道，想來你一定是頂尖的好手。好利說你和一個日本職業柔道高手對決，你把他像五毛錢一樣摔出去。」

薄好利鎮靜地看著我。

「我要自己說就不夠謙虛了。」我說。

她尖聲地笑。肩膊，橫隔膜，跟了她笑聲顫抖。「喔，難得，難得。年輕人能謙虛真是難得。小洛會同樣的這樣說的。小洛也謙虛。薄先生有沒有和你提起過小洛？」

「你兒子？」我問。

「是的，他是個非常好的孩子。我以他為榮。他從基層幹起，是憑自己能力，勤勞工作。他現在成了一個公司的總經理。」

我說：「真是了不起！」

薄好利用眼光自酒杯上緣瞪了我一眼。

卡伯納說：「我倒不願意說小洛是一個做生意的天才，但是我個人從來沒有見到過一個年輕人，能那麼快吸收新的技巧。」

「幹得不錯，是嗎？」薄好利含糊地說。

「不錯！」卡伯納大叫道：「老天！他是——」他看向薄好利，不再說下去，兩掌一攤好像在說，喔，有什麼用。他吐出長長一口氣。

「真高興有人讚美他。」薄好利說。聽得出一點真心也沒有。

薄太太其實是聲音低而有引誘力的，但是當她興奮的時候，她的聲音會高一個音階，衝出她嘴，有如機關槍開火。「我認為這是太了不起的一件事了，更何況他謙虛得要命。他幾乎從不談他的工作。他感覺好利對他的工作沒多大興趣。我打賭你不知道他們最近一次的罷工，好利，你也不知道小洛他——」

「我自己辦公室裡工作也忙不完。」好利打斷她話說。

「但是，你實在應該和小洛多相處一下。你知道，做了沒收農場投資公司總經理的小洛，到底有不少機會學習怎樣去做生意。其中很多經驗一定會對你有用的。好利。」

「是的，親愛的。不過，每次我回家，都累得不想再談生意了。」

她歎口氣，「喔！你們這些生意人。小洛就和你一個德性。你們一句話也不肯隨便出口。」

「他現在在哪裡？」我問。

「和他的銷售部經理蘇派克一起在彈子房裡。」

我又向薄太太家常敷衍地說了些話，她握住我的手，一時也沒放下來。好不容易脫手下來，薄好利帶我走下一條長走道，下了一道梯子，來到另一條走道。我看到一側是一間娛樂室有一張乒乓桌，另一側，也有一個房間，傳出撞球相撞聲，和低低的對話聲。

薄好利打開門。一個男人正準備要擊出一球，他屁股靠在桌上，身體前傾。看到薄好利進來，他說：「哈囉！一家之主來了。」

這是丁洛白，丁洛白前額斜削，直鼻，眼睛像廉價的玻璃彈珠——水灰色，但蒙著一層肥皂泡。盯著他眼睛仔細看，好像真會看出氣泡來。他臉上沒有真正的表情，我越看他越想起自我滿足的小丑廣告。他穿了無尾長禮服，不太熱心地和我握手。

蘇派克顯然有事在心，所以心不在焉。他認為我們進來得不是時候，所以含糊地說了一下「高興見到你們」，也不準備握手。他兩隻眼睛生得很近，其他倒是不錯的，鬈髮，嘴唇很好看。他比丁洛白年齡稍長一點。

次日清晨的七點鐘，管家把我叫醒。我梳洗整齊下樓來到健身房。那是在彈子房後面，一間很大的空房間。聞起味道就可以知道它從未被使用過。設備倒很好，有一個拳擊袋、單雙槓、擲瓶、啞鈴、舉重器材，幾個帆布墊，在底下尚有一台拳擊場地。拳擊手套都掛在架子上。我走過去看看，褪了色的價格標籤仍掛在變黃了的綠繩子上。

我穿的是球鞋，網球短褲，和運動背心。薄好利進來的時候，是包在一件浴袍裡的。他把浴袍脫下，裡面什麼也沒有。只有拳擊短褲。他樣子難看極了。

「好吧！」他說：「新的開始。」向下他看看自己的西瓜肚子。「我看第一個目標是把肚子變小。」他走到舉重器材前面，把部份重量自鐵桿上取下，然後喘呼呼地和剩下的重量拚命。過了一下，他放下舉重器材，走過來問我，「你自己不運動？」

「不。」我說。

「我也不想。但是現在不做不行。」

「你為什麼不試試坐著的時候坐直——從坐姿開始。」

「我坐下的原因是要自己舒服。窩在椅子裡，才是我最舒服的坐姿。」

「去吧，再做些運動。」我說。

他看我一眼，像是要說些什麼，但是沒有。他又去舉重。不一會他走向磅秤，自己量一下體重。

他走向帆布墊，他問：「昨天那日本人示範給你的動作，你能做幾個給我看嗎？」

我看他說：「不行。」

他大笑，把浴袍穿上。於是我們坐下來，閒聊，聊到合適的時間，淋了個浴，穿好衣服，準備用早餐。

早餐後，薄好利去辦公室。十一點鐘左右，我見到雅泰。雅泰才起來早餐。她顯然已聽到我是誰。「請進，我吃早餐時，你就陪陪我好了。」她說：「我正想找你談談。」

看來是一個混熟的好機會。我走過去，扶住椅背，讓她就座。我自己坐在她對面。我陪她喝了一杯又加奶又加糖的咖啡。而她自己喝的是黑咖啡，吃了三片脆餅乾，和抽紙菸。假如吃這種早餐可以吃出這種身材來，世界上所有女人都願意照學了。

「怎麼樣？」她說。

我記起薄好利說我當如何自處，不要太勉強。「什麼事怎麼樣？」

她大笑道：「你是新來的教練？」

「是的。」

「看起來根本不像個拳擊手。」

我什麼也沒說。

「我繼母告訴我，打拳不靠重量，而在乎速度。她說你快如閃電。總有一天我想看你表演一下。」

「我是在訓練你爸爸，你看他像個打拳的嗎？」

她又看了我一下，「我懂了，你為什麼選柔道，一定是很有興趣。」

「是的。」

「他們說你非常好。要最好的日本人才能和你作對來比。」

「倒也不見得。」

「但是你經常和日本人比賽？」

「有時。」

「昨天爸爸有沒有見到你把一個日本人摔出去？」

我說：「我們能不能不說我，換一點別的談談。」

「有什麼好談的呢？」

「你。」

她搖搖頭。「清晨這個時候，談我絕不是有興趣的題目……你喜歡慢跑嗎？」

「不喜歡。」

「我喜歡。我現在要去來一次長而快的慢跑。」

她爸爸給我的指示十分清楚。我要先和薄雅泰混熟，贏得她的信任，讓她以為我能處理任何困難事件，轉而說出她自己有什麼困難。如此說來，我自然應該打蛇隨棍上，換言之，我應該去慢跑。

慢跑的第一階段，我除了確信她身材美妙，眼睛是棕色的，嘴唇一笑，眼睛也會笑之外，其他什麼也沒有瞭解到。她有馬拉松的耐力，愛好新鮮空氣，輕視一切傳統。過了一會，我們在樹下坐下。我什麼也沒說。她不斷地說，她恨追求財富的男人，她恨知道內情有目的的人。她覺得婚姻沒什麼意思，她覺得自己父親是笨蛋，受了第二次婚姻的約束。她恨她繼母。她說她繼母的兒子丁洛白是她繼母的瑰寶，在她看來不過是活寶一個。

我認為當天有這種成績，已經是不錯的了。我送她回家，趕去白莎在等著我的街角。她帶我到橋田那裡去。橋田又教了我幾招怎麼抓，怎麼擒，叫我一再反覆演練。練習結束時，由於前一天訓練，今天的長途慢跑，和認真的訓練，我好像和一隻猩猩打了十個回合大戰一樣。

我告訴白莎，薄先生是個聰明人，我們實在沒有必要繼續向日本人學習柔道的必要。白莎說學費已經先付了。我無論如何要學，除非我說得出特別理由。我警告她，每天她來接送我會引起別人疑心的。我又告訴她既然薄先生是說好付計程車費的，我應該乘計程車來回。她告訴我，公司營業情況由她來決定，她送我回薄家，正好趕上晚餐。

晚餐非常的不舒服。食物倒是不壞。侍候太多了一點。我必須像擦槍的通條一樣直直的坐在那裡，假裝對薄太太在說的一大堆事情感到興趣。丁洛白裝成是個筋疲力倦的生意人。薄好利把吃的東西翻來翻去，心裡有事，自己不知道在吃什麼。

薄雅泰預定十點鐘要出去參加一個舞會。飯後她走出去坐在一個圍了玻璃的太陽浴走道上，準備閒聊一個小時。

天上有半月，空氣是溫和柔適的，她心中有困難待決。她沒有說出來這是為什麼，我看得出她希望有人陪著。

我不想講話。我把椅子調整到舒服的位置，只是坐在那裡。我看到有一次她把雙手握緊拳頭，全身緊張又神經質。我把手伸出去。摸到她的手，給她輕輕一捏。我對她說：「一切慢慢來。」當她輕鬆下來，我把手就拿開。

她很快望向我，好像男人肯自動放開已經握住她的手，是不太常見的事。

我什麼話也沒說。

快到十點，她上樓換衣服。那時我已知道她喜歡網球，喜歡騎馬，不喜歡羽毛球。她喜歡游泳。假如不是為了她老頭子，她會把這幢大房子夷為平地。她認為她繼母對她父親的工作不利。她認為有人該把她現在的弟弟送去印第安。我也不說對，也不說不對，什麼也不說。

第二天早上，薄好利在想要舉重時，發現他的肌肉痠痛。他說這種事急就章也是無用的。他把浴袍穿上，走過來和我一起坐在帆布墊上抽起雪茄來。他想知道我查到些什麼了。

我告訴他沒有。他說：「你不錯，雅泰喜歡你了。」

我們一起用早餐。十一點鐘雅泰出來。薄太太佳樂總是在床上用早餐的。

下午，我還是陪她去慢跑。雅泰又告訴我一些她繼母的事。薄太太有高血壓症，醫生說她不可以興奮。醫生站她一邊，哄她，拍她。她認為父親應該把卡伯納攆出房子去。她說她不知道我怎麼會讓她開那麼多口。看樣子我很瞭解別人，也像她那麼關心爸爸，關心到她想哭了。

她警告我，假如薄太太有什麼要求，不論怎樣不合理，我應該敷衍她，否則她又要叫她醫生來檢查，發現她血壓高了一點了，而把一切歸罪於我，我只好滾蛋了。我認為她並不喜歡我滾蛋。

我良心上很不好過。

兩點鐘，柯白莎又在等我接我。日本人把我東摔西摔。完工時，我像一件襯衣被拋在洗衣機裡，上搓下揉，拿出來隨便往衣架上一掛一樣。

我溜回去晚餐。一切如昨晚一樣，只是雅泰像是哭過了。她很少和我說話。晚餐後我無所事事，只是不回寢室，怕她有什麼話要對我說。

雅泰一點也不隱藏她對卡伯納的想法。她說，他原則上是在替她繼母做一件生意。她根本不知道這是件什麼生意……也根本沒有一個人知道這是件什麼生意。雅泰說他們兩人都恨她。她認為她繼母在怕一位卡伯納認識的女人，有一次她走進圖書館，正好她繼母在說：「沒關係，隨便你怎麼辦好了。我對這些三心兩意浪費時間已經煩透。你可以想到假如我和她易地相處，她會不會像我對她那麼好。我要你去——」卡伯納拚命咳嗽暗示她進來了。薄太太抬頭望，中途停止說話，趕快說些別的掩飾一下。

告訴了我這些，雅泰靜默了一下，她有感地說事實上她不該告訴我這些事。但是由於不知道的理由，她就是對我有信心，她相信我對她父親一定是忠心的，她又說假如我要和她爸爸做什麼生意的話，一定要防著點她繼母、洛白和卡伯納。於是她又說起寇醫生。寇醫生是現代時髦的家庭醫生。每一次她繼母因為吃多了不舒服，他都會如同小兒麻痹流行一樣緊張，和病人如同身受。她只告訴我這一些，就不再說話了。

我說：「說下去。」

「說什麼？」她問。

「說完它呀！」

「說完什麼？」

「所有我應該知道的。」

「我說得太多了。」

「還不夠。」我說。

「你什麼意思？」

「我是要和你爸爸做生意，他要投資我一大堆錢。我要希望他的投資有很好的利潤，我將來一定要和薄太太相處，我要知道該怎麼辦。」

她匆匆地說：「你別去逗她，根本不要去理她。你記住，千萬千萬別……」

「別如何？」我問。

「千萬別對她投任何信任票。」她說：「假如她也想要你教她運動，千萬別單獨和她一起在健身房。」

我犯錯，大大地笑道：「你以為她會——」

她轉向我，生氣萬分。「我告訴你，」她說：「我知道她。她是一個貪得無厭，野獸般狡猾的人。她無法自制。血壓高也因為貪吃和放縱引起。自從爸爸娶她後，她體重加多了二十磅。」

「你爸爸，」我說：「可絕不是傻瓜。」

「當然他不是，但是她已經想出了一個方法，沒有人能打垮她了。每當她要什麼東西，而有人阻止她時，她強調她自己激動得不得了。然後她打電話找寇醫生。寇醫生總是緊急趕來，好像性命交關似的。然後他自己在這家裡輕手輕腳用腳尖走路，直到他的概念傳給每一個人為止。然後他要找出來這次罪魁禍首是什麼人，再用專業的口吻說薄太太激動時其實不是她自己，她絕不能再受刺激了，假如他能使她有幾個月的安靜，她高血壓會好的，然後可以開始運動，減肥，又回到她自己。但是如果她和別人一爭辯，所有醫生的工作都會付諸流水，要重新開始。」

我大笑道：「一定屢試屢靈。」

由於我大笑，她又生我氣。「當然萬試萬靈。」她說：「打不破她的。寇大夫說，她是對是錯都沒關係。我們都不該和一個病人去爭。所以我們都要依她。於是她更自私，更被寵壞。脾氣更不易控制。更——」

「那卡伯納如何？」我問：「他依她嗎？」

「卡伯納，」她嗤之以鼻地說。「卡伯納他做屁個生意，他是專挑爸爸不在時來的。他也許說生意騙得過爸爸，但是休想騙我。我——恨他。」

我表示，她爸爸一定知道怎樣應付這種局面。

「不見得，」雅泰說：「沒有人逃得過。一開始她就把他縛住了。現在這一套已經萬試萬靈了，她不順心，寇醫生就趕來拿根橡皮筋紮她脈膊量血壓——你也許沒看清，她是在做一切的準備，要在離婚的時候可以提出精神虐待來。她會說爸爸非常殘忍，不給她休養，不和寇醫生合作使她能早日復健。當然醫生是她的，肯為她作證。目前爸爸能做的就儘量合作，等候機會自然的來到。這意思她終會有不小心……唐諾，到底是你在叫我講，還是我自己發神經在講個不停。」

我感到自己的不好意思更甚了。

此後，她沒再多說什麼。有人打電話找她，她在電話上不太喜歡和對方講話，我自她的表情上可以看得出。掛上電話後，她用電話取消一個約會。

我自己一個人出去，坐到日光浴走道去。心裡非常不好受。

過了一下，她走出來，自上向下望向我。雖然暗得根本看不到她的表情，我突然感到她在鄙視我。「原來如此！」她說：「是嗎？」

「什麼？」我問。

她說：「別以為我什麼也不懂……你，體能教練……你想不到我會去查每天下午來接你那輛車子的牌照號碼吧。查查就知道車主是什麼人……柯氏，是私家偵探社。大概你真正的姓是柯吧？」

「不是的，賴唐諾確是我的真名。」

「算了。下次我爸爸假如想請一個私家偵探，要假裝是教練，至少應該請一個有點像的。」她像一陣風一樣捲了出去。

在地下室裡有一個電話分機，我走下去打電話給柯白莎。「這下好了吧，」我說：「給你弄砸了。」

「什麼意思給我弄砸了？」

「她想看看什麼人每天下午接送我，她在街角等，看到你車號，查了一下……那是用公司名義申請的。」

我聽到白莎吞口水的聲音。

我說：「為了些計程車的蠅頭小利，你犧牲了一百元一天的進帳。」

「這樣，好人。」白莎說：「你一定要想一個辦法，我知道你有辦法的。你肯的話，你一定有辦法。白莎要你來工作，就是為的這個，養兵千日呀！你要為她著想。」

我說：「不可能了，談也別談了。」

「唐諾，你一定要，我們這筆錢損失不起呀。」

「你已經損失了。」

「你還有辦法可想嗎？」

我說：「我不知道。你把車開出來，在一向等我的地方等我。」

第四章 旅社殺人事件

雅泰在九點四十五分時出門。看門的替她把車庫門開好，我一陣風似地跑到街上。運動中這一門我是專長，跑得比誰都快。

柯白莎在車上等著。我爬進她前座，同時說道：「把引擎點著，等一輛十二個汽缸的車子經過我們後，你熄燈，盡全力追蹤。」

「由你來駕車好了，唐諾。」

「沒時間了，快點！」

她點著引擎，自路側滑出。薄雅泰的車子像閃電似的通過我們車子。我對白莎說：「跟上去，快點。」我伸手過去把車燈關了。

白莎伸手過去，想再把燈打開，我一下把她的手推開。白莎戰戰兢兢有點把握不住，我伸一隻手過去幫她扶住方向盤，我們快速跟進。過不多久，薄雅泰在一個十字路口，碰到才變的紅燈，使我們有機會跟上差距，我朝車尾過去，和白莎交換了一個位置。

燈光變綠時，雅泰像尾巴著火一樣衝出去。公司車在我駕駛下，搖擺地經過十字路口，漸漸加速。有人好心地在叫我忘了開燈，但是我理也不理他，還是熄了燈在開，希望能進入車子多一點的地方。過不多久路上車子漸多，我打開車頭燈，讓自己車子保持在她車後略靠左的地方。

白莎充滿了歉意。「我應該聽你話的，好人。你總是對的。喔，為什麼你不堅持要我聽你的呢？」

我忙於開車，所以沒有時間去回她的話。

白莎繼續在說話。她說：「唐諾，看來我總是沒有辦法讓你瞭解我。歷年來，我一個人過日子。一分一毛我要算一算。有很長一段時間，我每天只許自己吃一角五分錢。最近我收入多了一點，困難的地方變成了怎樣能再去花錢。我每月允許我自己用到一百元，怎麼也用不了。到了月底至少還有七、八十元花不完。你只要一旦像我一樣受過沒錢時的苦，你不會忘記的。」

「我也破過產的。」我說。

「我知道，好人，但是你年輕，你有頭腦。白莎腦筋不夠用。不像你那種管用法。白莎只能守守成，弄一分算一分。你有彈性，我從來沒有。有人給你壓力，你就彎起來，但壓力一旦取消，你立即反彈起來。我不會，我在有壓力時硬頂回去，即使贏了，贏得辛苦而且沒有餘力進攻了。我不會彎，我會斷了。」

我說：「好了，說過就算了。」

「她要去哪裡？」白莎問。

「不知道。」

「去幹什麼？」

「我也不知道。我們自己把自己一百元一天的差事幹砸了。現在我看是沒辦法了。」

「唐諾，你沒有使我失望過，你每次總有辦法使我們度過困難的。」

「閉嘴，」我說：「我現在正在想辦法，在做呀！」

在車陣中跟蹤她，真是一件困難大事。她開車很輕鬆，只要踩油門，馬力足的車子毫不費力向前闖，見空就鑽。我則把車放在二檔，不斷向前衝一陣，改踩煞車，弄得車子抖抖的，破公司車總算尚能維持不落後太多。

她駛進了一個停車場，我不敢進去，路旁唯一有空位的是在一個消防栓之前，我說：「好了，白莎，我就停在消防栓邊，萬一吃了罰單，你可以記在薄先生帳上。停好車你向前去守第七街，我向後去守第八街，守在街口。她出來時，不是左轉一定右轉，不向你，就向我。萬一向我，你不要跟過來。萬一向你，我也不會過來支援。空出來的一個人就回來把車移走。」

白莎像隻小羊一樣溫順，「好的，好人。」她說。

白莎進出車子都非常困難。她一定得側身擠出去。我沒等她，也更沒時間來侍候她。我走出車子，向八街走去。

白莎才走離車子二十步左右，薄雅泰就自停車場走了出來。她向我這邊走來。我縮向一個門邊等她通過。

她的確在怕有人會跟蹤，一路走就一路向後看。等她到了街角，她已經確定這一會沒有人在跟她。我在這時跟了上去。街中有一個三流旅社。她走了進去。我在她離開門廳前不敢進入，等了一下，我進去，直接走向大廳的香菸攤。電梯門的上面有一個指針，指針停在四字上。

香菸攤上的女孩是金髮下垂的大波浪頭髮。不知怎樣使我突然想到劊子手使用的吊人索，假如我們散開一股，把它梳一下，就一樣顏色，一樣波浪，一樣下垂。她有淺淺眉毛，大而明亮的藍眼，她拚命做出十九世紀初葉無辜處女的味道：嘴巴皺噘著，眉毛抬起，睫毛又長又彎。有點像從廚房溜進客廳的小貓。

我說：「小姐，我是一個旅行推銷員。我有一批貨可以推銷給亞特娛樂公司，但是我缺乏內線。在這旅社裡，有一個賭徒，他可以提供我所缺乏的。可惜我不知道他名字。」

她的聲音，又沙又冷，有如競選議員當選後的味道。她說：「你以為我是什麼人？」

我自口袋拿出白莎的十元開支費用，我說：「是一個什麼都知道的女人。」

她嫻靜地把目光下垂，塗了蔻丹的手指自櫃檯上慢慢伸過來想拿那十元鈔票。我拉回一點說：「當然，答案一定要是可靠的。」

她把頭湊向我。她說：「高同是你要的人。」

「他住在哪？」我問。

「也在這旅社裡。」

「當然，這我知道，幾號房？」

「七二〇。」

「你再說說看。」

她噘嘴，把眼皮垂下來。她的下巴和鼻子向上抬起。

我說：「好吧，假如你一定如此說。」我把十元對摺摺起，開始要放回自己口袋。她看一眼電梯，又湊過來，低聲說：「金見田，四一九，但是千萬別說是我說的，也千萬別撞進去見他。他的小美人才上去。」

我把十元推向她，櫃檯職員正在觀察我，所以我故意東看西看，看向雪茄。「那職員怎麼回事？」我問。

「嫉妒。」她微笑著說。

我用戴了手套的手指點向櫃檯說：「好吧，來兩支這種牌子的。」我拿了雪茄，走向那職員。「玩牌玩久了，想睡上兩個小時再回去玩。有房間嗎，不要太高，四樓最好。」

「四七一。」他說。

「在哪裡的？」

「角落。」

「有別的嗎？」

「四二〇。」

我說：「老兄，別笑我，打牌的人都迷信，我喜歡單數。四二〇不錯，只是我不喜歡雙數。四一七，四一九，或四二一如何？」

「我給你四二一。」

「多少錢？」

「三元。」

「有浴廁？」

「當然。」

我自口袋拿出三元，自櫃檯上交過去。他把手按桌上的鈴，說：「僕役。」

僕役自電梯裡走出來。職員交給他一支鑰匙，但對我說：「先生，你得先登記，尊姓是——？」

「王，」我說：「王台生，你登記好了，我要去睡了。」

僕役見我沒有行李，用他的死魚眼盯著我。我拋給他二角五分輔幣一枚。「對客人要有笑臉，年輕人。」

他把牙齒露出來，望向我。我問他：「你要值一夜班？」

「不，十一點下班。」

「電梯怎麼辦？」

「十一點後，讓它全自動。」

我說：「你聽著，我賭了一夜，一天，累了，不要讓人來打擾我。」

「把『請勿打擾』的牌子掛在門外，沒有人會來打擾你的。」

「這裡有賭徒住裡面嗎？」我問。

「沒有。」他說：「不過你也給我聽著，假如你以為你能在這裡——」

「我不會的。」我說。

他怕我又改變主意，所以藉故留在房裡，替我把「請勿打擾」牌子掛到門外把手上，又把窗簾拉下，把床頭燈打開。

我把他打發掉，把房門用門閂閂好。走向和四一九相通的便門，我單足跪下，手套留在手上，開始工作。

旅社兩個臥室之間的門上，要鑽一個洞，最合宜的地方莫過於門板嵌花下線，如此站著的人不會看到。一把懷刀，用尖的一頭就可以完成這一項工作。

我自己都覺得這是件卑鄙的工作。但是人是鐵，飯是鋼，人能和麵包對抗嗎？替柯白莎工作，更是不得不加油。我輕輕挖好洞，把眼睛湊上去。

雅泰坐在一張長沙發上，在哭。一個男人坐在一張椅子上，在抽菸。她的眼淚，對他顯然毫無影響。我只看到他下半身，自腳到他臀部。偶爾，當他的手把香菸自嘴中取下，放在椅子把手上，我也可以看到他的手。

過了一下，雅泰停住了哭泣，我看到她嘴唇在動，但是聽不到她在說什麼。她倒不十分生氣，看樣子也不是氣瘋了，只是被征服了。

兩個人談了一下，男人握住香菸的手移動了一下。過了一會兒，他另一隻手，拿了一張信封，也出現在視線之內。他把信封遞向雅泰。她自長沙發傾身向前，接過信封，根本不去看裡面有什麼，立即把信封夾在腋下。她似乎是匆匆有事，她打開皮包，拿出一張長方形有顏色的紙，交過去給他。他把這一張紙拋入右側上衣口袋。

雅泰匆匆起立。我看到她嘴唇似乎在說：「再見。」她就走離了我的視線。

男的像在催促她離開，站起來，就在此時他臉部進入我的視線，我看他一眼，他走過房間，我聽到房門被打開又被關上。門是正對電梯的，我聽到電梯梯箱搖擺地上來，開門，關門聲，電梯搖動向下，男人自門旁走回來，順手把房間鎖上了。

我自地上站起，用手掌撣一撣褲子上可能有的灰塵。就在這時，我注意到這兩個房間相通門的門閂。本來門閂在門上後，推門閂的手把不是向上就是向下可以卡住的。這個門閂的手把是水平的，而且拉開著的。我輕輕不出聲地轉動門把手，把把手轉到底，我輕輕地一手握緊把手，另一隻手輕推那扇門。

門被打開了半條縫。

原來門是一直兩面沒有門住的。真不可解，一時衝動，我想推門走進四一九去。立即我又覺得不妥。我把門關上，把把手慢慢放手不使出聲，我又輕輕地把門閂在我一側門上。

我說過這是個三流旅社，地毯已發光和變薄，花邊紗窗簾也很髒，洗成暗黑。床罩撕破過，又縫起來的。兩房之間相連的門也是一扇單薄的傢伙。我站著看那扇門，突然我看到門把手在轉動。有人在想推門過來，他只試了一次，就停手了。

我走出房間去，在身後把房門關上，把房門鑰匙塞在口袋裡，走到四一九房間前面，敲他的門。

我聽到一張椅子移動聲音，在地上的腳步聲，然後，一個男人的聲音問。「什麼人？」

我說：「姓賴。」

「我不認識你。」

「老大有話轉告。」

他把門打開，看向我。

他是個大個子，神氣地向前走，他自信夠大，夠強，沒有人會欺負他。他的眉毛太濃，在鼻根部蹙到一起去了。他的眼是紅棕色，深到近黑色了。我必須把我的頭儘量後仰，才能抬頭看他。

「你他媽是什麼人呀？」他問。

「我過去之後會告訴你的。」

他把門大大打開。我放膽走進去，他把門在我身後關上，把門閂閂上。他說：「坐下來，」他自己走過去，坐在剛才薄雅泰在他房裡時，他坐過的椅子裡，把腿抬到另外一張椅子上，點上一支菸，他又說：「你說你叫什麼名字來著？」

「賴唐諾。」

「名字不怎麼的，沒聽過。」

我說：「沒錯，你不可能聽過我。」

「不過我絕不會忘記別人面孔的，你說你有消息轉告？」

「是的。」

「從老大那裡來？」

「是的。」

「你說老大，是什麼人？」

我說：「警察局局長。」

我說這句話的時候他正在用火柴點菸，他拿火柴的手連抖一下也沒有，他安定地把菸點著，深吸一口菸。然後用他紅棕色的眼珠看向我。

「說下去。」

我說：「這訊息和你的私人健康有關。」

「我健康沒問題，而且會保持沒問題。渾蛋訊息說些什麼？」

我說：「千萬別去兌現那張支票。」

「什麼支票？」

「你才拿到的那張支票。」

他把他的腿自椅子上拿下來。「嘿，你的膽子不小。」

我說：「老兄，你經由亞特娛樂公司已經兌現了二萬元了。二萬元不是小數目了。你右面上衣口袋裡才又進帳了一張支票。你把支票給我，我就走。」

他瞪著眼看我，好像我是水箱裡一條罕見的熱帶魚。「你倒真提起我興趣來了，你到底是什麼人？」

我說：「我已經告訴你我是什麼人，也告訴你我要幹什麼，現在看你要怎麼樣辦了。」

「十秒鐘之後，」他說：「我馬上要把你從這裡拋出去，拋到你會從地上彈起來。」他自椅中站起來，把門閂打開，把門打開到底，用大拇指一指，他說：「滾吧！」

我站起來，我在選一個合宜位置，準備他來攻擊時我可以轉身，給他一個過肩摔。

他走向我，很隨便，無所謂的樣子。

我等候他出右手來攻擊我。

想像中和橋田一起演練的那一招並沒有出現。他的一招來自側面。但是抓住的是我的外套領子。他的另一隻手抓住我褲子後口袋。我想要支撐自己，但是好像在推一輛火車頭，我被捽出去通過門框的時候，門框倏忽地經過我身旁。我雙手向前，才不致讓我的頭撞到走道對面的牆上，我一把抓住了電梯邊上把寄出信件直送樓下的鋼管。他把我抓住鋼管的手分開，把我一腳踢倒在電梯前空地上。

我現在懂得足球員罰十二碼時，皮球有什麼感覺。球員撞過來，體能和速度的平方乘積變為動能，動能自一腳傳到了皮球。球的感覺就成了我的感覺。

我聽到他走回去，把門關上又閂上。我搖搖曳曳走向走道，轉一個彎，想找個樓梯下去，發現走錯了方向。我就走回來。

離開轉彎處尚有二十尺，我聽到砰！砰！砰！三下槍聲。兩秒鐘後我聽到走道上跑步的腳步聲，向相反方向走去。

我跑步又向右轉。四一九號房是開著的。長方形燈光亮影自房裡照出。我習慣的看了一下手錶——十一點十六分。電梯僕役一定已下班了。電梯現在是全自動的。

我按下電梯的鈕，聽到電梯起動，我踮起足尖來到四一九房。

金見田的屍體，在進浴室的門口縮成一團。他的頭曲在兩個肩膀中，他的上肢扭成一個怪異的角度。一隻膝蓋在浴室裡，左上肢壓在通四二一房間的門上。

我把手指伸向他右側上裝下口袋，摸到一張摺疊了的長方形紙。我都沒時間來看這是什麼。我把它抽出來，放進自己口袋。我轉身跑向走道，電燈開關就在門旁，我把燈順手關上，人在走道，我稍停一下，上下地看走道。全走道唯一看得到的有一個女人，大概五十五歲或六十歲，頭髮燙過向上梳，把自己包在一件紅晨袍裡，站在一個走道末端開著的一個房門口。

「你有沒有聽到像是槍聲？」我問她。

「就是呀。」她說。

我指向四二一說：「我看是——四二一出來的。我去看看。」

她仍站在門口。我走過電梯口。我叫道：「他有請勿打擾牌子在門外。我最好下去通知櫃檯。」

電梯開了門尚未離開四樓。我過去來到二樓，在二樓等著。

差不多等了一分鐘電梯指針才指示它到了一樓。但是它立即又起動向上了。指針指示它到了四樓。我自樓梯走下去來到大廳。職員不在櫃檯後面。雪茄香菸攤的金髮女郎在看一本電影雜誌。她下巴有節律地動著在嚼口香糖。她向上一看，又看回她的雜誌。

走到街上，我把那張長方形的紙拿出來看。這是一張憑票即付一萬元的支票。發票人薄雅泰。我把支票放進口袋，走向白莎停車的地方。車子已經不在了。我在那裡站了一下，還是見不到白莎的蹤跡。我步行走過三條街，才找了輛計程車，告訴駕駛我去車站。在車站裡我把旅社鑰匙拋入郵筒，另叫了一輛計程車，來到離薄家三條街外的一個大旅社，我把車費付了。我等車子走了，自己步行去薄家。

管家還沒睡，當然薄好利給過我一支鑰匙，但是他還是開門放我進去了。我問：「薄小姐回來了嗎？」

「是的先生，她十分鐘之前回來了。」

「告訴她，我在日光浴走廊等她。」我說：「是重要事。」

他看了我一下，眨了兩下眼，他說：「是的，先生。」

我走出去，來到日光浴走廊坐下。雅泰大概在五分鐘之後下來。她走進來的時候下巴高高向上抬著。「你還有什麼話可以說。」她說：「也不必解釋了。」

「請坐下。」我說。

她猶豫了一下，坐了下來。

我說：「我要告訴你一些事，我要你記下來。今晚睡覺時想一想，明天更不可以忘記。你因為十分累又精神緊張。你推掉了一個約會。你決定去看場電影，但是看不下去，於是你就回家。你什麼地方也沒有去過。你懂了嗎？」

她說：「我下來這裡，是要一勞永逸地告訴你，我討厭別人對我偷偷摸摸探討我的隱私。我想一定是我繼母聘你來看我在想些什麼……現在她知道了。其實我真的可以親自當著她的面告訴她的，無所謂的。至於你，你叫我看不起你，你根本——」

我說：「不要空想了。我是一個偵探，但是我是被雇來保護你的。」

「保護我？」

「是的。」

「我不需要任何保護。」

「那是你在想。你要記住我告訴過你的話，你今天太累，你精神太緊張了，你推掉了一個約會，你去看電影但是看不下。你回到家裡來。其他，你什麼地方也沒有去。」

她瞪視著我。

我把那張拿回來的支票自口袋中拿出來。「我想你不會在乎毀去這樣一張小數目的票子吧。」

她坐著看向支票，兩眼盯著支票，臉變得蒼白不堪。

我自口袋中拿出火柴。擦亮了點著支票的一角。我拿著直到火焰沿了支票燒上來快燒到手，才把著火的一角拋到菸灰缸去。等支票燒完了，我用手指把紙灰磨成粉。

「晚安了。」我說，我走向樓梯。

她什麼都不說，等我到了門口。「唐諾！」她大叫。

我什麼也不說，只是把門自身後帶上，上樓，上床。我不要她知道那傢伙被謀殺了，我寧可她自新聞上得知，或警察來告訴她，萬一旅社裡有人認識她，警方會找上門來和她對質，到時她的驚奇表情會真實一些。除非她早就知道了？

我輾轉反側，久久不能入眠。

第五章 南海戀情

清晨三點，警笛聲傳來。很遠的時候，我就聽到了。我起床，把衣服穿上，因為，真要有事發生時，我不喜歡措手不及，毫無準備。但是，我也立即想起在這件事件中我自己的立場，我又脫了衣服，回到床上去。

但是來的警察要找的不是薄雅泰，他們大聲敲門把薄先生叫了起來。他們要和丁洛白談話。

我在睡褲外面穿上了一條長褲，我又套上一件上裝，在丁洛白下去到圖書室裡之後，立即踮足來到樓梯頭。警察根本沒準備客套，也不想降低聲音。他們想知道到底他認不認識一位叫金見田的男人。

「怎麼啦，是的。」丁洛白說：「我們有一位推銷員，叫作金見田。」

「他住在哪裡，你知道嗎？」

「不知道。我們辦公室記錄裡有。怎麼啦？他幹了什麼了？」

「他什麼也沒有幹。」警察說：「你最後在什麼時間見過他？」

「我已經有三、四天沒見到他了。」

「他負責些什麼事？」

「他是個推銷股票的人。事實上他是個測候人，他看準哪一個人有希望買股票，用電話報告進來。其他的人去銷給他。」

「銷什麼股票？」

「礦。」

「什麼公司？」

「沒收農場投資公司。仔細的情況，恐怕要勞你駕去問我們的法律顧問。」他說。在我聽起來這是他背熟的一句搪塞話。「我們的法律顧問是韋來東律師。他事務所在翔實大樓。」

「你又為什麼不肯自己回答這問題呢？」

「因為這裡面牽連著不少法律問題，而我是其中職員之一，隨便發言可能會引起相當窘的情況。」這顯然是受過訓練的一套說詞，而且說來非常友善。他說：「假如你能告訴我們想要什麼，我可以給你們更多的幫助。但是律師叫我不要談公司的業務，因為我說任何話，都可能是律師認為我不該說的。你知道，這一切都是專業細節……」

「省了吧，」警察告訴他：「金見田被謀殺了。你有什麼話要說嗎？」

「謀殺！」

「是的。」

「老天，是什麼人謀殺他？」

「我們不知道。」

「什麼時候被殺的？」

「今天晚上七點左右。」

小洛說：「把我嚇糊塗了。這個人我不是特別熟，他和我只有業務上的聯絡。蘇派克和我才談到過他，算來可能正是他被殺的時候。」

「誰是蘇派克？」

「一位我的同事。」

「你們倆在談他的時候，是在什麼地方？」

「在我們辦公室裡。蘇派克和我兩個在閒聊，也談一些業務上的問題。」

「好吧，這個死了的人有什麼冤家沒有？」

「我實在對他知道得不多。」丁洛白說：「我的工作多半和設計和政策有關。人事是由卡伯納處理的。」

他們東問西問地混了一陣，都離開了。我看到薄雅秦也自臥房踮足外出。我把她推回去。「沒你的事，」我說：「你回去睡覺。他們來看洛白。」

「幹什麼？」

「好像金見田是替小洛工作的。」

「但是他們為什麼要為這件事見小洛呢?」

我認為這時候把消息告訴她很合宜,我說:「有人殺掉了金見田。」

她站在那裡瞪眼看我,什麼也不說,也沒有表情,幾乎不呼吸。她已經卸妝,我看到她嘴唇變白。「你!」她說:「老天,唐諾,不會是你,你不會——」

我搖搖頭。

「一定是你,否則你怎麼會拿到……」

「閉嘴!」我說。

她向我走過來,像是在夢遊一樣。她的手指碰到我的手背,我感到她手是冰冷的。「你在想他對我是怎樣的?」她問。

「我什麼也沒有想。」

「但是,你為什麼——為什麼——」

我說:「聽著,你這個小呆瓜!我會儘量不使你的名字混進去,懂了嗎?這支票假如被發現在他身上,你會怎麼樣?」

我可以見到她在想這個問題。

「回去睡覺。」我說:「——不行,等一下。你下去,問一下發生什麼事了。問他們為什麼那麼多聲音。他們會告訴你,他們現在相當興奮著。他們不會注意你表情、言行的。明天就不同，他們會警覺一些的……有沒有人曉得你知道我是誰了？」

「沒有。」

「有人知道你出去是去看他？」

「沒有。」

「萬一有人問你這個問題，」我說：「你避而不答，顧左右而言他，但是千萬別說謊，知道嗎？」

「但是他們問我，我怎麼能不回答他們呢？」

「不斷問他們問題，這是你避免回答問題最好的一個辦法。問你的兄弟，為什麼這樣晚他們會來找他。你儘量問每一個人，每一件事，但要聰明點，不要自投羅網了。」

她點點頭。

我把她推向樓梯，「下去吧，別告訴任何人你見到過我，我要回床去睡。」

我回到床上，但是睡不著。我聽到樓下人在亂烘烘地談話，聽到樓梯上的腳步聲，和走道的低聲討論。有人自走道上走到我的房門口，停在門口，留神地聽裡面情況。我不知道外面是什麼人。我沒有鎖門。房裡的光亮僅夠我看得到門，我等著門會不會被打開。

沒有。過不多久，天亮了。我才感到睏意。我想要睡一下。自從走道上回來，我的腳始終是冷著的。現在腳底也溫暖了，一陣倦意，我就睡著了。

管家敲門把我叫醒，起床替薄先生訓練體能的時間到了。

在地下室的健身房裡，薄先生甚至連身上穿的羊毛浴袍也懶得脫下。「昨晚上熱鬧得很，聽到了嗎？」

「什麼事熱鬧？」

「有一個替小洛公司做事的人被殺死了。」

「被人殺死？」

「是的。」

「撞車還是什麼？」

「是『什麼』。」他說：「零點三八口徑轉輪槍，三槍斃命。」

我一心一意看向他。「小洛一直在哪裡？」我問。

他的眼睛轉向我，他沒回答這問題，相反地他問我：「你一直在哪裡？」

「工作。」

「什麼工作？」

「我的責任工作。」

他自他袍子裡拿出一支雪茄。把尾部咬掉，點著菸，開始抽吸。「有成績嗎？」

他問。

「連我自己也不知道。」

「想像中呢？」

「我想是有點收穫的。」

「找到什麼人在勒索她了嗎？」

「我都還不能確定她有沒有被勒索。」

「她總不會把支票像彩紙一樣隨便亂抛抛掉吧。」

「不會。」

「我要你阻止它發生。」

「這一點我可以辦成。」

「你認為她不會再付出錢去了？」

「我不知道。」

「要你有點進步可真難呢。」他說：「記住，我出錢是要求有結果的。」

我等候他自己打斷他的話題，然後我說：「我們的生意都是由柯白莎親自管制的。」

他笑了。「我這樣說好了，唐諾，你是個小個子，但是我從來沒有見過一個像你這樣有膽量的……我們上樓穿衣服吧。」

他沒有再提起為什麼他要問我昨晚我在哪裡，也不再問我對他女兒工作的進度。我也不去向他要解釋。我上樓淋浴，下樓用早餐。

薄太太全身都不舒服了。女僕們在她房裡跑進跑出。她的私人醫生來看過她了。薄先生解釋她昨晚沒有睡好。丁洛白像是有人把他自洗衣機裡撈起來的。薄好利沒有太多改變。我站在他的立場研究一下，發現這世界上能有錢，並且能保持有錢的人，一定是懂得欺騙人，伸手要錢的人。

早餐後，薄先生去他的辦公室，一如從未有事發生過一樣。丁洛白搭乘他的便車一起出去。我等他們走後，叫了一輛計程車。我說要去翔實大樓。

韋來東律師在二十九樓上有一個辦公室。一位女秘書想先知道我是誰，又是幹什麼的。我只告訴她我有些錢，想付給韋大律師。這使我有了晉身之階。

韋律師是位骨瘦如柴的傢伙，臉上只有骨頭。由於鼻子又窄又陡，所以他的眼鏡不斷會滑下來。他骨架大，肉少。面頰凹下，更擴大了他嘴大的效果。他問：「請問尊姓？」

「賴。」

「你說你有些錢要給我？」

「是的。」

「在哪裡？」

「我還沒有拿到。」

兩條深溝出現在他前額上，更加深了他鼻子的長度。「什麼人準備給你呢？」

「大凱子。」我說。

秘書小姐把辦公室門留一條縫沒全關死。韋律師用他小得不太相稱的黑眼望向我。他站起來，走過辦公室，小心地把房門關上，走回來，坐下來。「說說看。」

我說：「我是個投資人。」

「看起來不太像。」

他咯咯地笑起來。我看到他牙齒又黃又長。他似乎很欣賞自己說的這句話。「你說下去，」他說。

「一個油礦。」我告訴他。

「什麼樣性質的？」

「有不少好的油井。」

他點點頭。

「這裡面我還沒有弄到控制權。」

「你準備怎樣去弄到控制權？」

「用我已經付了錢買到的股票。」

他看著我道：「你知不知道，在目前情況下，沒有公司委員會同意，你不能隨便出賣股票的？」

我說：「你以為我為什麼多此一舉地來找你？」

他又咯咯地笑出聲來，一面坐在辦公椅裡前搖後搖。「你是一個好玩的怪人，賴，你是怪人。」

「說我是妙人好了。」我建議。

「你喜歡人家說你妙？」

「不見得，其實我是很野的。」

他傾身向前，把雙肘放在桌子上，把兩手的指尖一一對起來，又壓下去，壓得指關節一個個啪啪地響。他動作自然，顯然他經常如此做。「你到底要幹什麼？」他問。

我說：「我要打破戰爭時期臨時投資條例。不想請求公司委員會的同意，把我有的股票賣掉。」

「這是不可能的，這裡面一點法律漏洞都沒有。」

我說：「你是沒收農場投資公司的律師？」

他轉向我，好像他在用顯微鏡研究一件事。「說下去。」他說。

「沒有了。」

他把雙手分開，在桌子上用手指尖打鼓。「你有個做法底稿嗎？」

「我要投資幾個好的推銷員進去。我要使大眾注意到這塊地有出油的機會。」

「土地所有權不是你的？」

「不是。」

「即使我能打破戰時臨時投資條例，給你機會把股票賣了，我也沒有辦法不使你坐牢，因為你偽稱代表這個公司，是欺詐罪。」

「這一點我自己負責。」

「怎麼個負責法？」

「那是我的機密，我只要你幫我對付條例。使我需要錢的時候，付得出來。你只負責那一點。」

「你一定得有土地所有權才行。」

「我會弄到一張採油的租約的。」

他又咯咯地笑了。「算了。」他說：「我不代客處理這一類工作的。」

「我知道。」

「你什麼時候想開始工作呢？」

「三十天之內。」

他把假面具收起。眼睛冷冷透著貪婪。他說：「我的費用是一成。」

我想了一下。我說：「百分之七點五。」

「幹不幹在你，百分之十。」

「好吧。」

「你名字叫什麼？」

「唐諾。」

他按了一下桌旁的電鈴。秘書進來。她手中有一本速記本。他說：「沙小姐，寫一封信，給賴唐諾先生。親愛的先生：承向本律師陳請，先生準備重組一家已於加州喪失其營業執照的公司。因此，本人須要有更詳細的資料，例如公司名稱及先生準備重組的目的，以便憑辦。本律師辦理上項任務收費五十元，另加一切必須之開支費用。——就如此，沙小姐。」

她什麼也沒說，站起來就走出去。

當房門關上後，他說：「我想你是知道我要怎樣做法的。」

「準備用替沒收農場投資公司相同的方法，是嗎？」

「我不喜歡在客戶面前討論別的客戶的事。」

「好吧，你喜歡討論什麼？」

韋來東律師說：「一切危險由你個人負擔，我會寫公函給你，記清楚我們所談的一切會話。我要把信交給你簽收。我這裡有一張名單，列的都是過去一大批公司，沒有付加州稅金被吊銷了經營權。我會一個一個小心查封。當然你所需要的一家是沒有什麼營業實績的，債務不多的，法律責任不大的，同時要全部——或至少絕大部份股票已經上市賣出去了的。」

「這又是為什麼呢？」我問。

「你不知道嗎？」他說：「政府的條例就是防止未經公司的同意把資金股票全部出售了。股票一經出售，就變了私人財產，有如私人所有的任何東西一樣。」

「又如何？」我問。

他說：「加州的稅務機關只管稅金，一個公司只要不付稅金，就失去了他們在本州的經營權，他們就不能再做生意。不過這一切只要把欠的稅金和罰款補足交付，就可以復權重新開張。」

「就有漏洞？」我說。

他笑了，老狐狸式的奸笑。「你得知道。」他說：「這些公司只是前任公司的一個死殼。我們付牌照費、以前的欠稅，重組這個公司。我們把以前賣出去的股票買回來──通常只要付一分錢一股──當然，只有極少數的這一類死公司合乎我們的要求。我對這種公司的調查最清楚了。只有我知道哪一個過氣公司合乎這條件，沒有別人會知道。」

「然而，在信裡，你為什麼要由我來告訴你我要哪一個公司呢？」

「把我自己置身事外呀。」他說：「我要你寫一封信給我，告訴我，你選中的公司的名字。我只是做你的律師，照你指示來辦事……知道了嗎，賴先生。我反正始終是乾乾淨淨的。」

「你什麼時候給我這公司的名字？」

「你給我一千元定金後我就告訴你。」

「你準備給我的信上說五十。」

他自眼鏡後向我笑笑。「信是如此說的，是嗎？——那樣說好一點。我給你的收據也會是五十元。不過你要付我的是一千元。」

「之後呢？」

「之後，是你受益的百分之十。」

「這樣你不是也沒保障了嗎？」

「別替我擔心。」他說：「我會保護得好好的。」

女秘書帶了打好字的信進來。他用右手指尖把眼鏡自鼻梁上推上一點，他貪婪的眼睛仔細看那封女秘書交給他的信。他拿出鋼筆，簽上字，交回給秘書。「把信交給賴先生，」他說：「賴先生，律師費五十元你帶在身上嗎？」

「目前並沒有帶在身上——沒有帶足你要我付的數目。」

「什麼時候能有呢？」

「可能是一兩天之內。」

「隨便什麼時間來都可以。我都會很高興接見你的。」

他站起來，用冷冷長長的手和我握手。「我想，」他說：「你對這種案例應該進行的方法是十分熟悉的……至少在你一進這辦公室的同時，你看起來是非常熟悉的。」

「我本來就是，」我告訴他：「但是我一向不願意在專家面前賣弄。我總希望讓律師來告訴我法律。」

他微笑，點點頭。「倒是很能幹的年輕人。沙小姐，現在請你把梁氏兄弟互訴的檔案拿來，我就可以讓你聽寫一篇答辯狀和反訴狀。下次賴先生帶錢來付費的時候，你帶他進來，順便給他收據。賴先生，再見了。」

「再見了。」我說。走了出來。

女秘書看我走出去，然後去找檔案。

我回到偵探社。柯白莎在社裡。卜愛茜在她自己秘書座位後面，在打字機上猛敲。

「老闆房中有客人嗎？」我問。

她搖搖頭。

我走向「柯氏——私人辦公室」那扇門。推門進去。

柯白莎立即把她正在算帳的收支簿收進抽屜去，砰一下把抽屜推上，鎖起。「你哪裡去了？」她問道。

「我跟了她一段路，看她走進一家電影院，我就回來找你。」

「看電影？」

我點點頭。

柯白莎的小豬眼上下地看我。「這件工作如何了？」

「還在進行。」

「你有辦法叫她暫時不開口了，是嗎？」她問。

我點點頭，她問：「你怎樣辦到的？」

「逗著她而已，」我說：「我想她喜歡有人逗著她。」

柯白莎歎口氣道：「唐諾，你對女人真他媽有辦法。你到底怎麼使她們服你的？」

「沒有呀！」我說。

她又看看我，她說：「我知道了。所有在追女人的都在爭著現他們的肌肉，男性化。只有你，縮在後面，好像對她們沒有興趣……我懂得，我們女人見了你，就引起了母性的保護慾。」

我說：「少來了，我們談生意。」

她用喉嚨擠出了咯咯的乾笑聲。她說：「每次只要你對我這樣凶，我知道你又是為了錢。」

「每次看你對我那樣溫柔，我就知道你決心打太極拳了。」

「要多少？」

「很多。」

「我沒有呀。」

「那麼你就只好去想辦法。」

「唐諾，我一次又一次告訴你，你不可以每次隨便走進來，對我說你要多少多少工作費用。唐諾，你太不在乎，你太浪費，我甚至覺得你會報假帳。至少你對金錢缺乏價值觀念。」

我不在乎地說：「這件工作還不錯的，我真不願見你眼睜睜失掉了它。」

「她現在知道你是個偵探了？」

「是的。」

「那麼我就不會失掉這工作了。」

「不會？」我問。

「你好好做你的工作，就該不會。」

「我除非有一卷鈔票，否則無法好好做我的工作。」

「老天，你聽聽你自己口氣。這個偵探社是什麼做的？鈔票呀？」

我說：「警察昨晚出動了——事實上是今天早上。」

「警察？」

「是的。」

「為什麼？發生什麼了？」

「我也不知道。」我說：「我一直在睡，看來好像丁洛白——那個拖油瓶——有一個替他工作的人，叫做金見田的，也許你在報上見到了？」

「金？金見田？」她問。

「就是他。」

「犯什麼？」

她盯住我看很久，她說。「唐諾，你又老毛病犯了？」

「愛上了漂亮女人。好人，你聽著，總有一天你會身受其害的。你年輕，不懂事，又見一個愛一個。女孩子鬼得很，設好圈套的。你不能相信她們……我也不是說所有女人，我是指想利用你的女人。」

我說：「沒有女人想利用我呀。」

她說：「我就知道，目前還沒露馬腳而已。」

「什麼沒露馬腳？」

「像薄雅泰這個女人，她有太多錢，她又太好看，很多人在追她，她會看上你？那是騙你的，你看上了她，她利用你而已，用你來做個掩護……去看場電影，電影個屁！晚上十一點鐘？」

我什麼也沒說。

她拿起報紙，仔細看報上的地址。

她說：「謀殺案地址，距離我們看到停車的地方不到兩條街。你就從那裡開始跟蹤的。警察早上三點鐘到她家。她知道你是個偵探——而仍舊讓你在家裡工作。」柯白莎把頭甩向後面大笑，擔憂，有點怕的硬笑。

我說：「我需要三百元。」

「你沒有三百元，我不會給你的。」

我聳聳肩，站起來，走向門口。

「唐諾，等一下。」

我站在門口，看向她。

「你知道嗎？唐諾，白莎不是對你不好。但是——」

「你要不要我把一切告訴你？」

她看向我，好像不相信自己的耳朵，她說：「當然。」

「你想想裡面的前因後果，我二十四小時後告訴你。」

她的臉在扭曲著。她打開皮包，拿出鑰匙，打開放現鈔抽屜，另外用一支鑰匙打開一隻裡面的匣子，拿出六張五十元鈔票，交給我說：「記住，這是開支費，要報帳的，不可以浪費。」

我懶得回答她，我一面把每張鈔票摺疊起來，一面走出門去。卜愛茜自打字機抬頭，看到我手裡的五十元鈔票，把嘴嚼起吹了個口哨，但是她的手並沒有慢下打字的速度。

在去薄家的計程車上，我看晨報。金見田已證實是一個有前科的人，也曾是個賭徒，在死的時候他受雇於一家「有勢力的公司」。公司當局知道了這個人的背景後也是大吃一驚。公司當局對用人十分謹慎，雖然金見田在公司負責的只是有限的小事，但是他顯然是偽造了過去的資料。公司當局現在對這一點正在調查。

警方對謀殺如何完成，及動機何在，目前一無所知。案發前約十五分鐘，有一位相當入時的青年，曾要求要一間房以便休息，選中四二一。少年上樓，在四二一房外掛了「請勿打擾」的牌子，顯然他立即工作，把連通到四一九室——金見田所住的房間——的門閂打開，打開門閂後，他用一把薄刀把在四一九那一面的門閂撥開。於是他推開這聯絡門，由於四一九室的浴廁門開著時，四一九室的人看不到這扇連通門的動靜，事實上連通門和浴廁門之間還形成了一個隱藏的小室。警方假設金見田聽到了這扇門有什麼動靜，開始懷疑而決心查看了。他被射了三槍。死亡是立即的。兇手既不搶劫被害者，也懶得回自己的房間再出去，他只是跨過屍體，把兇槍藏起，走到走道上，站在門旁，假裝是客人聽到槍聲在查看，並沒有人看到他是如何離開旅社的。

這件兇案是故意，預謀的。因為這兇手一進入四二一之後，就在通四一九的房門上鑽了一個孔，使他在作案之前先看清楚，不致弄錯了要對付的對象。

旅社大廳香菸攤上的柳依絲小姐告訴警方說：這位青年是跟蹤一位神秘的年輕女人進入旅社的。她形容他大概二十七歲。短小，精幹的身材。很有個性，說話很有技巧。五尺六寸高，一百二十五磅。職員馬華賓先生則形容他眼神不定，神經兮兮的。很瘦，看來像是有毒瘾的。

我付了車資，走進薄府。薄太太半臥地坐在圖書室一張長沙發上。管家說她要見我。

她用相當欣賞的目光看著我，「賴先生，你先別走開，你聽我說，我要你在這裡保護小洛。」

「保護他什麼？」我問。

「我也不知道，我覺得這件事透著一點怪異。我認為洛白有危險了。我是他媽媽。我有做媽媽的責任、你是一個有訓練的技擊手，你肌肉如鋼。他們都說你把一個又大又凶的日本柔道高手隨便一摔，就摔得老遠。請你注意一下保護洛白。」

我說：「一切都包在我身上。」於是我走出去找雅泰。

我在日光浴的地方找到她。她坐在一個雙座的斜帆布椅上，她讓出位子，讓我坐她邊上。我說：「好吧，把一切告訴我。」

她把嘴閉上，搖搖頭。

「金見田抓住了你什麼把柄？」

「什麼也沒有。」

「那麼，」我說：「那三張一萬元的支票是慈善捐獻。金見田倒看不出是慈善捐款的集資人。」

我點點頭。

我看到她眼中露出的怒光。「三張支票？」

「你怎麼知道的？」

「我是個偵探。找出事實，是我的責任。」

「好吧！」她脾氣上來道：「你自己去找出我為什麼付他好了。」

「我會的，」我告訴她，開始要站起來。

她抓住我衣袖，把我拖回來。「別走開。」

「你要回到現實來。」

她把腿收回來，用兩隻手臂抱住膝蓋，兩隻腳根放在椅上。「唐諾，」她說：「告訴我你做了些什麼？你是怎麼找出來的——你知道我說什麼？」

我搖搖頭。「你不必知道我的一切。」

「為什麼？」

「對健康不太好。」

「但是你為什麼要知道我的呢？」

「為的是要幫助你。」

「你已做得很多了。」

「我根本還沒開始呢。」

「唐諾，你幫不上什麼忙的。」

「金見田有你什麼把柄？」

「沒什麼我能告訴你的。」

我把雙目注視著她，她不安地蠕動著。過了一下，我說：「我有個感覺，你不像會說謊這一類的人……我感到的是你恨說謊的人。」

「我是恨說謊的人。」她說。

我不吭氣。

「我的事與你無關。」過了一下她說。

我說：「總有一天，警察要問我問題。假如我知道什麼事我不能說，我就不說，假如我被蒙在鼓裡，我可能講錯了話。之後他們就會來問你話。」

她坐在那裡幾秒鐘，不說話。然後她說：「我陷入了一個可怕的困難。」

「把詳情告訴我。」

「這和你的想像有出入的。」

「我根本沒有想像。」

她說：「去年夏天，我乘船去遊了一次南海，船上有一個男人，我非常喜歡他——你知道，這是怎麼回事。」

我說：「很多女人乘船去南海玩，也有很多女人在船上遇到很喜歡的男人，但是她們回家後，很少要付出三萬元出去的。」

「那個男人是結過婚的。」

「他太太說些什麼？」

「我根本不認識她。他寫信給我，這些信是情書。」

我說：「我不知道我們還有多少時間可以浪費。你浪費得越多，我們剩下越少。」

「我後來知道我不是真的愛他，想來是所謂南海情調的影響，你知道，熱帶氣氛、椰樹、月光、遊艇。」

「你的初戀？」

「當然不是。我以前也乘過遊艇。女孩就是為此上遊艇的。有時你可以見到真心愛你的男孩——我是假想有此可能的。有的女孩會。她們結婚，從此過快樂的生活。」

「但是你沒有？」

「沒有。」

「你還是試著再玩？」

「你首先自己玩得開心。過了兩三天，你可以知道船上有沒有引得起你興趣的男孩子。通常見到的，都是因為環境的影響而像是不錯的男人，其實他們都不是理想的人。只是環境太浪漫而已。」

「這個男人有太太？」

「是的。」

「分居？」

「沒有，他後來告訴我他是在婚假中，但太太自己一個人在旅行。」

「她在哪裡旅行？」

「我也曾懷疑過這個問題。她是一家在中國也有投資的大油廠職員。因為上海的公司要結束，所以她去結帳。」

「為什麼懷疑？」

「那大老闆也去上海。他們在一條船上，她對他很好。」

「之後呢？」

她說：「老實說，唐諾，對這個人我有一些地方，絕對絕對的不喜歡他。但又有些地方，他很能吸引我。他覺得船上好玩，他是自得其樂的人。」

「你回來，那個時候你還不知道他有太太了？」

「是的。」

「他告訴你他是單身嗎？」

「有，絕對的。」

「之後呢？」

「之後他給我寫信。」

「你回信了。」

「沒有，之後我發現他結婚了。」

「他什麼名字？」

「我馬上會說到。」

「為什麼不現在講。」

「不行，先要讓你知道全貌。」

「是不是金見田？」

「喔，老天！」她說：「當然不是。」

「好吧。」

「我不回他的信，因為我知道他結婚了。不過，我喜歡收到那種信。這些是情書——我告訴過你，不過它們使我緬懷那次南海之遊。有些追憶是十分可愛的……有一天很晚了我們航進大溪地。那要實地見到，你才會瞭解——土著長頭髮美女圍著一堆堆營火跳舞。在船上我們就可以看到岸上營火堆堆。漸近後，可以看到女人們跳舞的樣子。

我們已經聽到鼓聲，那種典型的，塔普——塔普——塔普。塔普，塔普，塔普。然後他們在營火上加上燃料。有人把水銀燈照向碼頭。碼頭上也有一批土女，什麼也沒穿，只有草裙。光了腳在跳舞迎接我們。船越近，他們節奏越緊，跳得也越野，暗號一下，他們又隱入了岸上的營火堆裡……他一再使我回憶這些——還有別的。他信寫得好。我都留著，每次無聊時會拿出來念一下，真是栩栩如生。」

我說：「聽起來，說不定寫成故事有雜誌肯出稿費。但是我看不出你沒有回信，為什麼要付三萬元？」

她說：「你先鎮靜一下，我馬上要把驚人的告訴你了。」

我說：「你的意思是他不能把你怎麼樣，但是信本身使你怎麼樣了？你自己——？」

「不是，不是，別傻了。」

「我仍舊想不出來，有什麼會影響到你這樣自由的人，付出三萬元來。」

「我告訴你，你就明白了。」

「好吧，告訴我吧。」

「那個人的名字，是——」她自動停下了。

我問：「他的名字和這件事又有什麼關係呢？」

她深吸一口氣，然後衝口而出：「他的名字是廖漢通。」

「這樣一個名字會有意外羅曼史，倒也奇怪，」我說。「你好像暗示他名字有什麼奇怪巧合？他幹什麼的？一個——」突然，我想到了，真的有如被突然在腦袋上打了一拳。我在說到一半停了下來。我看向她眼睛，知道我沒有錯。「老天！」我說：「這個人謀殺了他太太。」

她點點頭。

「審判了沒有？」

「還沒有。只是初審。他們相信他有罪。」

我抓住她肩頭，把她轉過來面向我，這樣我可以向下看著她眼。「你和那男人沒什麼私情吧？」

她搖搖頭。

「船上回來後，兩個人會過面嗎？」

「沒有。」

「你從未給他寫過信？」

「沒有。」

「那些信現在怎樣了？」

「那就是我買回來的東西。」她說。

「怎麼會到金見田手上的？」

「地檢處有一些偵探，認為對付這件案子，他們缺乏的是動機——使陪審團一看就產生偏見的東西。他們追查廖漢通過去的一切。他們查不出夏天有一段八星期的時間他在做什麼。偵探找不出他去哪裡了。之後，在搜查他家後。他們發現一口木箱上有一個洋船的貼紙。他們追查，發現那是南海之遊，於是他們找到了那一次出遊的旅客名單。而一一訪問。以下一切的就變成自然發展了。他們知道了廖漢通那一次旅行，只對我一個人發生興趣。」

「其實，」我說：「假如你自己沒有什麼心虛，你也沒有什麼他們可以指責的——只要他緊閉嘴巴不要亂講。」

「但是你不知道。這件事正好給了地檢處人員一直在找的藉口。他們派人當我不在家時破門而入，翻東翻西找到了那些信。你懂了嗎？我可以對一大堆聖經發誓，因為我知道他是有太太的，所以既沒有回信，也沒有在回來後見過他一面。但是沒有人會相信我的。」

「為什麼你分了三步曲來買回這些信？」

她說。「一共有三個偵探。他們拿到了信，私下自己研究了一下。他們自公家所得薪水有限。假如他們把信件交給地方檢察官，他們連加薪都不見得有份。我在他們心目中是一個有錢女人……當然他們為他們自己著想。他們找到金見田做中間人。我不知道金見田在裡面可以弄到多少？但是安排好的是要我分三個階段，買回這些信來。」

我把手插在褲袋裡，把腿伸直，把足踝架在一起，雙目注視自己的腳趾，試著從她想不到的方向，去想這件事的前因後果。

現在她開始開口了，她止不住了，她說：「你看得出來，這件事對像我這種女人會有什麼影響。地方檢察官發瘋一樣想把廖漢通定罪。首先，他們根本不知道到底這是件意外，她自己摔倒，撞到了頭，或是廖漢通用什麼敲打了她的頭。即使地方檢察官能證明廖漢通用東西打她，廖的律師可能會提出那次南海之旅，於是會說廖是為感情發了瘋。或是用任何其他方法，讓陪審員發生偏見，覺得那女的死得活該……但是地檢官可以完全避免掉這一切的麻煩，假如他一開始就把我拉過去，使大家相信廖漢通愛我愛得發瘋，一心想把太太處理掉，如此他可以和我結婚。我又有錢，又——又不難看。他可以把我弄到證人席上去，然後把十字架釘在我身上。假如信在他手上。他可以把廖漢通一片片撕碎，使他根本不敢自己站上證人席上去替他自己辯護，而他不自己上證人席又等於默認，結果一樣的壞。」

我不斷在想，什麼也不出聲。

她說：「這些人弄到那些信後，他們認為漢通的律師會出錢買它下來的。但是，漢通沒有錢。我想多半是那律師出的主意，叫他們轉向金見田，從我這裡弄錢出來的。」

「律師是哪一位？」

「韋來東律師。」她說：「湊巧的，他也是洛白公司的法律顧問。我真怕他會漏出些口風來，但是我想我們應該信任律師。他們都知道什麼該講，什麼又不該講的。」

「你能確信韋來東知道信的事嗎？」

「金見田說他知道的，而我想當然，漢通一定會告訴他的。我在想，當一個人因為謀殺案被捕後，他自然會把一切告訴律師，大小事都會說出來的。」

我說：「是的，那是應該的。」

她說：「當然，韋律師絕不希望這些信會到地方檢察官的手裡去的。他自然希望被告會判無罪開釋。這些信是本案的關鍵……從各方面看來，我知道韋來東是個很能幹的律師。」

我站起來，開始在原地踱方步。突然，我轉身說道：「昨晚他交給你那張信封，你沒有打開來吧！」

她看向我，眼睛開始變寬，變大。「唐諾，這樣說來，你是在那房間裡囉？」

「這點你別管，你為什麼沒有打開那張信封來看一看？」

「因為我親自見到金見田把信放進信封，把它封起來。那些其他的信，他也是如此處理的。他先給我看過，然後——」

「回家之後，你有沒有打開來看一下？」我問。

「沒有，我沒有。發生了那麼許多突發事件，我——」

「你把它燒了？」

「還沒有，我正打算如此做，然後你——」

「你怎麼能知道，整個事件不是地檢官設計好，讓你來鑽的一個圈套？」我問。

她注視我道：「怎麼會呢？」

「地檢官要利用這些信來證明被告的動機。廖漢通寫給你的信裡說了些什麼，並不重要，重要的是你怎麼回他信。但是假如他能證明你肯出三萬元把這些信贖回來，那就比什麼都有用了。」

「但是，唐諾，你還不瞭解嗎？他不可能有信呀！」

「你信封放在哪裡？」

「一個安全所在。」

「去拿來。」

「是在一個安全所在，唐諾，現在去拿太危險——」

「去拿。」

她看了我一下，然後說：「也許你說得對。」她上樓，五分鐘之後，她帶了一張封口了的信封回來。「我知道信在裡面。我看著金見田放過去，然後封口的。他對其他信件也是如此處理的——他先給我看，而後當面封了起來——」

我沒等她講完。我伸過手去，把信封拿到，把它撕開。信封裡有六張信封。我把每張信封拿出來，張張打開，裡面每一張都裝入了整齊摺疊好的信紙——都是空白的

——上面都有印著頭銜，那是金見田被謀殺那旅社的空白信紙。

我抬起眼光看向薄雅泰。假如法院宣判她要進聖昆丁的煤氣室，她也不過是如此蒼白了。

第六章　詭計多端的賊律師

白莎坐在公司車裡，等著送我去接受柔道訓練。在她身旁座椅上，她有一張下午出版的報紙，她跳過結論對我說：「唐諾，這次你逃不掉了。」

「逃不掉什麼？」

「他們會捉住你的。」

「沒有線索去捉誰？」

「那只是早晚的問題，早晚會捉住的。老天！你為什麼這樣去做？」

「沒有其他辦法呀，那相鄰房間是我要的，那一個洞是我鑽的，相連的門在那一邊根本沒有閂上，是輸，是贏，都不是我自己可以決定的。」

「但是你為什麼要進金見田的房裡去？」

「為什麼不去？我反正不會有機會了——假如被他們捉住。」

「唐諾，你一定是為了保護那個女人。」

我什麼也沒有說。

「唐諾，你一定得告訴我事實。老天，萬一條子把你關了起來。當然，我要想辦法救你出來，但是我不知道怎樣開始呀。」

我說：「你不能一面開車，一面又講話。你過來，我來開車。」我們換了位置。我說：「你聽著。薄雅泰被人勒索。什麼原因並不重要，勒索她的人是一個叫韋來東的律師。」

「不對，」她說：「她一定是去看金見田。一切形容都符合——」

「形容也許會符合，她也可能是去見金見田，但是，在勒索她的人是韋來東律師。」

「你怎麼知道？」

「他想從一位他在辯護的人身上弄一點錢——那個人犯的是刑事案子。」

「是誰？唐諾。」

「我忘了他的名字了。」

她用怒目看了我一眼。

「現在，」我繼續說下去：「我們唯一的生機——替雅泰脫身，替我自己脫身——是對韋來東加大壓力。韋來東根本是個詭計多端的賊律師。」

「所有律師都是的。」

「所有律師都詭計多端，但只有百分之二是賊律師。」

「你想要對他加強壓力我是同意，把繩子的一端交在我手裡，我可以幫你忙。」

「韋律師，」我說：「專門在想辦法打破戰時臨時投資條例。」

「那是無法打破的。以前也有人試過。」

「所有法律都有漏洞的。」我說：「不管什麼條例。」

「好吧，你讀過法律，我沒有。」

我說：「投資條例是有漏洞的。韋律師的方法，是選擇因為付不出稅金而損失營業權的公司，使他們再度運作，但是變了一個完全不同的方式營業。為了達成這目的，他們首先要把停業的公司的股票全部買回來。並不是每家停業的公司都可以合乎他要求的。他要的公司是所有股票都出售了，而且沒有債務團體的組成的。他設法把這些尚被人們掌控的股票，不值錢地都收購回來。他重新開張這家公司。他的客戶都是要私下買進賣出股票的，他收賣方每股百分之十，而後他警告他的客戶這些股票都是私人轉移，不是公開出售。」

「又如何？」她問。

「我們絕對捉不住他勒索的把柄。」我說：「他做得巧妙，不留尾巴，但是我們可以攻破他的地方是他非常熟悉的股票工作。雖然他太聰明，不易攻破，但還有辦法的。」

「這些你都是怎麼發現的？」柯白莎問，一面注視著我。

「花你的開支費。」我告訴她。

這下把她的興趣完全打消了。

「你和那個女孩混得怎樣了？」

「還可以。」

「她能信任你嗎？」

「大概吧。」

白莎滿滿一口氣吐出，「那麼公司可以保有這工作囉？」

「也許。」

「唐諾，你真可愛。」

我捉住這機會說：「我已經找過韋來東律師，希望他認為我是個可能的好客戶。沒有成功，他太精了。他每走一步都把自己保護得很好。看起來只有一件事可做。」

「是什麼？」

「使自己變成他在進行中另外一個公司的不知情買客。」

「你怎麼知道是韋律師在勒索呢？」

「只有他有可能，也是唯一解釋。今天較早的時候，我還在想，這可能是地方檢察官布好的一個圈套。但是，不是的，因為謀殺一發生，現在他們早該收縮圈子了。韋律師在代表一個被告。那是件要案。社會上大家非常注目。這正是他揚名立萬的好時機。他當然可以只為名而工作。但是韋來東不是這種人。他看出有機會可以加壓力於薄雅泰，由雅泰來出錢，他要名利兩得，他做了。他已經拿到了二萬，在拿最後一萬元的時候，出了紕漏。」

「唐諾，我要問你一件事，要你絕絕對對對我說真話。」

「什麼？」

「是你殺的人嗎？」

「你怎麼想呢？」

「我認為你沒有，唐諾，給你一萬次機會，你也不會殺人，但是這件事看起來──你知道，看起來像什麼。你是那一型的，為了女人昏了頭，叫你做什麼壞事都幹。」

前面有交叉道，我把車速減低，順便故意打了個大呵欠。

白莎搖搖頭道：「你真是無可救藥，假如你沒有看見女人就糊塗，或者再重上五十磅，你就是白莎的金礦了。」

「抱歉，」我說。

我們開一陣車子，大家不說話，然後我說道：「我需要一個女秘書，也需要一個私人辦公室。你要是不肯替我請一位，我就只好借用卜愛茜。」

「唐諾，你是不是瘋了？我不能給你專租一個辦公室，那要花錢的，你這個計畫只好另外再想進行方法，再說我也不能把愛茜借給你，即使半天也不行。」

我開車，一聲不吭。白莎看得出在生氣。就在我們快把車開進那日本人的健身房停車場之前，她說：「好吧，你去辦，但是不要把鈔票亂送出去。」

我們進健身房，日本人把我自各種角度摔來摔去，有如籃球員用各種角度來投球，他教我各種可以摔人的方式，但是我怎麼也沒有辦法使得像他要做成的樣子。反倒是他自己從我手中翻出，一個觔斗，雙足分開落地，向我露出牙齒說好。我感覺有點乏味。事實上我從一開頭就沒感過興趣。白莎以為我有進步，日本人說我成績非凡。

淋浴後，我告訴白莎，要她替我去辦，我一定要一間辦公室，至少租一個禮拜，還有我告訴她的名字要漆在門上，裡面的傢俱要齊全，而且要把卜愛茜守在裡面隨時準備聽寫信件。

她忿怨，對我唾沫橫飛地埋怨一陣，最後還是決定要辦，所以她告訴我今晚會把一切辦好，打電話告訴我辦公室在哪裡。

晚飯前，薄好利找到了我：「到我私室來杯雞尾酒吧，賴？」他說。

「好呀。」

他的私室是個鴿子窩，牆上掛了不少槍械。獵獲品剝製後，頭部掛在牆上，椅子很舒服，還有菸斗架等他私人用的物件。管家把雞尾酒送進來。薄好利告訴我，這私室是屋子裡唯一沒有他邀請誰也不准進來的地方。也是他覺得老婆太煩時，逃避的一個地方。

他啜飲雞尾酒，談談應酬話，一分鐘之後，他說：「你和雅泰處得不錯呀。」

「你叫我先要贏得她信心的，不是嗎？」

「是的，你的成就超過於此了。只要你在房裡，她不斷的在看你。」

我又喝了一小口雞尾酒。

他說：「雅泰第一張支票是在一號。第二張是十號。假如還有第三張，那該是二十號。那是昨天。」

我說：「那麼第四張該是月底了。」

他看向我，他說：「雅泰昨晚出去了。」

「是的，她去看電影。」

「你也出去了。」

「我辦了點小事。」

「你有沒有跟蹤她？」

「你一定要知道的話，有的。」

「去哪？」

「去看電影。」

他一下把杯中餘下的喝乾。吐出一口放心的氣。他把搖酒器拿起來，給我把杯中酒添滿，替自己杯子加酒加到頂。「我對你看法沒有錯，你是一個有理智的年輕人。」

「謝了。」我說，一面在房間中東摸摸西摸摸，過了一下，我說：「你不必和我有什麼猶豫。有什麼話就直說好了。」

這對他是一種鼓勵作用，他說：「卡伯納昨晚見到雅泰了。」

「什麼時間？」

「在，在——在槍殺案發生不久之後。」

「她在哪裡？」

「離開金見田被謀殺的旅社不到一條街，她手裡拿了張信封，很快地在走。」

「卡伯納告訴你的？」

「沒有，是他告訴了薄太太，她告訴我的。」

「卡伯納有和她說話嗎？」

「沒有。」

「她沒有看見他？」

「沒有。」

我說：「顯然卡伯納錯了。我一直在跟蹤她。她把車停在金見田被殺的旅社附近停車場裡，但她沒有進旅社，她去看電影，我跟她進去的。」

「電影之後呢？」

「她沒在裡面很久，」我說：「她出來，回到停車場去——喔——是的。我記得她有停下在一個郵筒前寄一封信。」

薄好利看著我，但是不說話。我說：「我認為她和什麼人約會在電影院裡，但那個人沒有赴約。」

「那個什麼人，會不會正是金見田？」他問。

我讓我臉色做出「出乎意料」的表情。「怎麼會有這種想法的，你？」

「我也不知道，只是問問而已。」

「那就別問。」

「但是，有可能是金見田，是嗎？」

「假如他根本沒赴約，又有什麼差別呢？」

「但是，有可能是金見田。」

我說：「老天，也可能是阿爾道夫．希特勒。我告訴你昨晚上她是在看電影。」

他靜了一下，我乘機問他道：「你對你繼子的公司到底知道多少？就是那他在當總經理的公司。他們幹什麼的？」

「挖金礦的玩意兒，我知道他們有一條礦脈很有希望，但是我也不太願意去深入瞭解。」

「什麼人真正在管把股票沿街弄出去？」

他說：「我希望你不要用這種字眼，這樣聽起來好像他們是不正經買賣。」

「你該懂我的意思。」

「是的，我知道，但是我不喜歡用這些字眼。」

「好吧，你愛怎麼叫就由你。不過你告訴我什麼人負責把股票弄出去？」

他看我，生氣地說：「賴，有的時候，你那精力過剩，又亂動腦筋的脾氣，真叫人受不了。」

「我仍還沒知道什麼人在弄出股票去。」

「我也不知道，他們有一批推銷員，經過仔細訓練的，我只知道這一些。」

「股東不負責銷售？」

「不。」

「我知道這些就夠。」

「是是，我知道這些不夠。你見到今天晚報了嗎？」

我搖搖頭。

「有些指紋在那裡。從旅社的門和門把手上他們查到了一套相當完整的指紋——我認為他們在找的人很像是你。」

「很多人都像我。」我說：「有幾個雜貨店夥計更像得不得了。」

他大笑道。「你那個腦袋要是能配上一個強健一點的身體，那就天下無敵了。」

「那是恭維，還是貶低？」

「恭維。」

「謝了，」我喝完我的一杯，拒絕他再給我添加酒。他自己又喝了兩杯。

薄好利說：「你知道，像我這種地位的人，往往可以收集到別人得不到的商場和經濟情報。」

我接受他遞過來的一支香菸，繼續聽他的。

「尤其是在銀行圈子裡。」

「說下去，你怎麼說？」

「也許你會奇怪，我是怎樣知道那些雅泰一萬元、一萬元的支票的？」

「我知道，要我猜起來也不會和事實相差太遠。」

「你的意思是經由銀行？」

「是的。」

「倒也不完全是經由銀行，但是是經由銀行中一個友好的職員。」

「有差別嗎？」我問。

他笑笑：「銀行認為是有差別的。我又在今天下午從銀行得到一個特別消息。」

「你指的是從銀行裡友好的職員吧？」

他咯咯笑道：「是的。」

當他看我並沒有急急問他得到的是什麼消息時，他說：「那亞特娛樂公司打電話到銀行，說是有一張薄雅泰簽給他們的一萬元付現支票，放在他們現金抽屜裡，失竊掉了。他們要通知銀行，任何人拿支票到銀行兌現，公司要告這個人偷竊。」

「銀行怎樣告訴他們？」

「告訴他們，叫他們打電話給雅泰，由雅泰請銀行止付支票。」

「真打電話來了？」

「是的。」

「來電的對方自己說是亞特娛樂公司嗎？」

「是的。」

「男人聲音，還是女人聲音？」

「是一個女人聲音。她說她是簿記，也是經理的秘書。」

「隨便哪個女人都可以拿起電話這樣說。費用只要五分錢，受話的一方是分別不出來的。」

他想了一想，慢慢地點點頭。

雞尾酒開始發生效應。他胸襟也開闊了很多。他低下來用長輩的樣子拍拍我膝蓋。「賴，我的好孩子，」他說。「我喜歡你。你先天有一種叫人相信你的力量，我相信雅泰也有這感覺。」

「能做一件工作讓人滿意，總是好的。」

「我認為保持不久的，終會穿幫的，雅泰不是笨瓜。」

「她當然不是笨瓜。」我說。然後，由於我知道他喜歡我會這樣講，也為了他是付現的顧客，我加了一句道：「看她是什麼人的女兒嘛。」

他向我笑笑，然後臉上露出擔憂。他說：「我相信你是知道你在做什麼的，賴。但是，假如一張一萬元付現支票被偷了，而出票人要出頭，並且弄得灰頭土臉——」

「放心，不必擔這種不必要的心。不會有事的。」

他認真地說：「假如你看過報紙，你會注意到這些證人對那位神秘的王台生，有完全不同矛盾的形容。這種完全不同的形容是因為這個男人懂得人性——那年輕女孩子不是形容王台生是個非常可愛的人嗎？」

我什麼也沒說。

「賴，對這件事我信任你的自由處理。我只希望——當然到目前為止你並沒有——你不要使這件事造成了更嚴重的傷害。」

「那樣就不好意思了，是嗎？」

「那是一定的。你開始沒有太多的工作，是嗎？」

「我贊成你放手讓我一個人去幹。」

他說：「只要讓我知道一件事，我就可以無限制信任你，讓你全權處理這件事。」

「哪一件事？」

「到底你的計畫有沒有考慮到：這張最後的一萬元支票，會有突然出現的危險？」

這正是一個討好雇主極好的賣弄機會，我豈能放過。我平靜地說：「我親手把那張一萬元的支票，昨天在你的日光浴走廊燒掉了。我用我自己的手指，把灰燼磨成粉碎。你可以放一百萬個心。」

他看向我，眼睛張得越來越大，好像眼球要突出來把他眼鏡從鼻梁上頂上來。於是他伸手握住我的手，上下地搖，即使是在四杯雞尾酒影響之下，他的表情還是十分突出的。「真是能幹，我的孩子，一個能幹的人。這是最後一次，從此之後我不再要求你什麼東西。今後一切你完全作主，一切依你的方式來做。好極了，好極了。」

我說：「謝謝你，不過這一切都是要花你的錢。」

「我不在乎花多少錢——不對，我不是這意思，反正你知道，該花的就不用省。」

我說：「白莎有的時候經濟觀有問題，她算小不算大。」

「不必如此的，你去給她解釋。告訴她——」

「告訴她啥用也沒有。」我說：「她就是這個調調。」

「好吧，你心裡在想什麼？」

我說：「你曾否想到過，我可能會被人勒索？」

「沒有。」

「那麼，有這個可能性，你應該考慮一下。」

他看起來也不是很高興。他說：「當然，萬一你碰上了緊急狀況，你只要來找我，對我——」

「對你說我要送什麼人錢，我要送多少，還有為什麼要送錢，是嗎？」

「是的。」

「於是，假如出了什麼差錯，假如這是一個陷阱，你就被牽過去了。」

我看到他臉孔變了顏色，他說：「你要多少？」

我說：「最好給我一千元。我留在身上必要時才用。我也可能回來向你再要。」

「唐諾，那是好大一筆錢呀。」

「我也知道是好大一筆錢。」我說：「你有多少錢？」

他臉紅了。「那完全不關你的事。」

「你有多少女兒？」

「只有一個，當然只有一個。」

我一聲不響，等他會意過來。我看到他終於懂了。他自褲後袋拿出皮夾，數出十張百元大鈔。「我懂你意思了，唐諾。但是你要記住，我可不是百萬富翁。」

我說：「有錢人和窮小子有一點不一樣，同樣發生危險情況的時間，有錢人可以出錢買一條出路。你不去利用自己的王牌，你是笨蛋。」

「沒錯。」他說。過了一下，他又說，「不知道你能不能告訴我一點，你準備怎樣進行法？我還真希望能知道一點。」

我注意看他，然後我平靜地問：「真的嗎？」

「當然，為什麼不？」

我說：「我要用的方法，我不要我雇主知道一點點。」

他蹙眉道。「我不喜歡被蒙在鼓裡。」

「我是不要讓警方認為我雇主是指使者，或是事後共犯。」

他像我用針在他屁股上戳了一針一樣。他怏怏地眨了四、五次眼皮，快快地站了起來。「很聰明，唐諾，很聰明。我看我們談話也該告一段落了，我近來相當忙，唐諾。我只要你懂得我雇你是要你全權作主，完全依你認為好的方法，來保護我女兒，不受任何傷害。」

他一下解散我們的會議，有如我突然長了天花，沒錯，我有法律天花。

晚上，八點多一點白莎來電話，她說為了我要的辦公室，她找死了。終於找到了合乎我要求的。用的名字是費啟安，位置是普門大樓六二二室。卜愛茜明天早上九點鐘會去開門，鑰匙在她那裡。

「再給我印一些商業名片。」我說。

「印好了，愛茜那裡會有一些。你是費氏銷售公司的老闆。」

我說：「好極了。」準備掛電話。

「有什麼新消息？」她問。

「沒有。」

「保持聯絡。」

「會的，」我說。這次馬上用手在她想起什麼要說前，把電話掛斷。

那一個黃昏冗長難過。雅泰給我個暗示，她要和我說話，但是她知道的，我都知道。卡伯納知道的，我並不知道，我不知道他有沒有話要說，所以我要找一個看起來完全不是故意的機會，和他談談。

他是有話要說，他來找我了。他來的時候我正在彈子房一個人無聊地撞撞球。

「玩一局？」他問。

「我玩得差透了。」我說：「我只是不想在樓上聽他們耍嘴皮子而已。」

「怎麼啦？」他說：「心中有事。」

「無聊而已。」我說，一面把球向前用手推出，看著它幾顆星地回彈。

「見過薄好利嗎？」他問道：「我是說有機會和他談談嗎？」

我點點頭。

「老好人，那薄先生。」卡伯納說。

我不吭氣。

「能有好身材，真是件幸福的事情。」卡伯納看向我腰身，繼續說道：「你走起路來就像魚在水中游動一樣。我一直在注意你。」

「真的？」

「真的，我是一直在注意你。我希望多知道你一些。也想讓你強迫使我身材好一些。」

「可以安排的。」我說，用手指把一個球撞向另一個。

他走過來離我近一些。「你另外還使一個人對你印象很好呀。」

「有嗎？」

「是的，薄太太。」

我說：「她說過的，等她血壓回復正常後，她也希望我指導她減輕一些體重。」

他把聲音降低問我道：「你有沒有想到，或感到奇怪過，她一嫁給薄好利，血壓就上升，體重就增加？」

我說：「很多女人在找丈夫的時候都注意體重，限制飲食，但是一結婚，她們——」

他的臉色垮下道：「這根本不是我的意思。」

我說：「抱歉。」

「假如你認識薄太太，你就不會如此說，你也會知道，這和事實相差了十萬八千里。」

我沒有自撞球檯抬頭。我說：「是你在說話，我認為這可能是你想說的，我只是搭訕一下而已。」

「這不是我想說的。」

「那你就說好了。」

他說：「好吧，我來說。我認識薄太太不少時候了。這次結婚前，她體重比現在輕二十五磅，看起來年輕二十歲。」

「高血壓可以影響人很多的。」我說。

「當然可以，但是為什麼會高血壓呢？為什麼一結婚她血壓就會突然高起來呢？」

「為什麼？」我問。

他冷笑，我抬頭看向他，他嘴角生氣得在顫抖。他說：「非常明顯的理由。她繼女不停的給她敵意引起的。」

我把母球拿在手裡說：「你是不是想找我講這件事？」

「是的。」

「好吧，我在聽。」

他說：「佳樂——薄太太，是個了不起的女人。迷人，有吸引力，美麗。自她結婚後，我看到她變了。」

「這些你說過了呀。」

他的嘴唇顫抖得更嚴重了。「一切原因都歸諸於那寵壞了的乳臭小妮子。」

「雅泰？」

「雅泰。」

「難道薄太太在婚前沒有考慮這一點嗎？」

他說：「結婚的時候，雅泰離開了她父親，自己去追求美好時光。她去環球旅行。完全不管她父親。他們一結婚，薄太太正想為他準備一個好家庭，雅泰一腳踢回來做起繼女的角色來。漸漸地她父親中了她的毒，跟著反對起他太太來。佳樂是敏感的——」

「為什麼要告訴我這些呢？」我說。

「我認為是你應該知道的。」

「這對我訓練薄好利的體能，有什麼關係呢？」我說。

他說：「也許有。」

「你想叫我做什麼呢？」

他說：「我看你和雅泰處得不錯。」

「又如何？」

他說：「我認為假如雅泰知道，她媽媽希望和她友愛相處，她可能會改變態度。」

「怎麼樣？」

「你才和薄先生談過。」

「是的。」

「你仍不能猜到我是什麼意思？」

「不能。」

他的眼光著向我。「好了，」他說：「你一定要我直說，我就說。佳樂——她只要輕輕隨便說一句給警察聽，他們就會知道昨天晚上，在謀殺案發生的時候，雅泰是在金見田的房間裡。」

我把眉毛抬起來。

「這樣說好了。」他又趕快自己修正道：「在謀殺案之前——你有沒有想到過，那位去旅社看金見田的神秘女郎，被形容得和雅泰很像。也不需要很多的偵探工作，就能證明當時雅泰的車子，停在旅社不到一條街外的停車場裡。另外尚有一個證人，肯宣誓之後證明在謀殺案發生之時段內，雅泰曾匆匆地自旅社方向走向停車場去。」

「你要我做什麼？」

他說：「下次雅泰再說她繼母如何如何時，希望你能隨意地向她提一提，她繼母可以把她放到一個非常尷尬的位置，但是她不願意，因為她是個正直的人。她對她再婚的丈夫十分忠心。」

我說：「你好像已經知道雅泰曾對我提起她繼母的？」

「當然。」他說。他站起來，走向門去。

「等一下。」我說：「假如雅泰是在謀殺案發生之前離開的，我覺得她就沒有什麼好擔憂的。」

他一隻手扶在門把上，停下來。「人家是在街上看到她的。」他說：「算起來是謀殺案發生之後。」

他出去，把門關上，我注視那扇關著的門。顯然卡伯納並不知道謀殺案發生的正確時間，沒有注意到他看到雅泰的時間。再不然，就是他自願把這件事說成如此，以便薄太太手上多這張王牌來用。

不過，擔心他可以說是多餘的，任何時間警方只要一懷疑雅泰可能和這件事有關，那旅社夜班職員，那香菸攤女郎，那停車場裡的人，那電梯小僮——喔，人證太多了。運氣好一點，這些人也許會記得雅泰是在槍聲響起前離開旅社。然則假如薄太太以為她有一手王牌，我又何必揭穿她，不如在旁邊上等看看她要玩些什麼花樣。

我拿了帽子和大衣，在雅泰見不到我的時候跑出去，決定要去看看亞特娛樂公司是幹什麼的。

他們有兩家餐廳，樓下都佈置得美輪美奐。我沒有困難就上了樓。樓上佈置很雅，但是不大。沒有人注意我。我小賭賭，在轉盤上不輸不贏。參與賭博的人不能算少。我找了一些藉口想去見經理，不過看起來要是不動粗，還不易達到目的。

我正想走出去時，一個金髮美女走過來，一隻手掛在一個穿了晚禮服的男人手臂裡，男人看來全身是錢堆起來的。我見過美女那頭金髮。那是金見田被殺掉旅社那香菸攤女郎柳依絲。

我暗暗的自己恨不得踢自己一腳。當然，這是一個機會，但是這是一個我應該事先想到的機會。她既然在我問她問題時，那麼瞭解能告訴我有關亞特娛樂公司的事，她當然懂得帶一個這樣的凱子來這裡，她可以拿到多少佣金。是我自己設的陷阱，我自己吞的餌，我自己走了過去。

她看到我，我看到她有點不悅。她不在意地說：「喔，你好。運氣怎麼樣？」

「不怎麼樣。」

她向她的男伴笑說：「亞守，我希望你見見王先生。王先生，這位是白亞守先生。」

我們握手，我告訴他很高興能見到他。

「王先生，你不是要離開這裡吧？」

「事實上，你進來時我正要離開。」

「喔，不行，我來了你怎麼可以走。上次見到你時，我運氣不錯，今天我感到你會給我帶來更多幸運。」

我想我可以把情況變成複雜，假如把白先生弄毛或是嫉妒的話。我看向他說：

「白先生看起來也像是張幸運符呀。」

她說：「他是我的護花使者，你是我的隨身吉物。來吧，到賭桌來。」

「老實說，我有點累了。我還是——」

她眼睛正對著我看著。燈光射在她頭髮上，又一次覺得更像我見過的吊人麻繩。

「我可不會讓你走開的。」她說，紅唇在笑。「即使一定要叫警察我也幹。」

她的眼睛可沒有在笑。

我微笑著說：「事實上這該由白先生來決定我的去留的，我不願意不識相，夾進來做燈泡。」

「喔！他不會在乎的。」她說。「白先生知道你和機構是有關係的。」

「喔，」白先生說，好像她已經說明一切了，他也立即露出笑容了。「王先生，來吧，跟我們來，帶點好運給我們。」

我和他們一起走向輪盤桌。

她開始拿錢出來一元一元地散在桌面的數字上賭——一直在輸，男的也不像喜歡跟著她賭。她把自己錢輸掉了之後噘起嘴巴，他拿出五塊錢，換成兩毛五的籌碼，讓她來玩。當他移動到了桌子的一邊去時，她靠靠我又把眼睛注視我命令道：「從桌子底下塞兩百元給我。」

我像塊石頭一樣凝視她。

「快一點，快一點，」她催著我說：「不要裝傻瓜，也不要拖三拉四，要不送過來，就要你好看。」

我裝腔作勢打了個大呵欠。

她失望透頂，幾乎要哭了。一下把所有籌碼放下去，輸了。當她把所有籌碼都輸掉了，我塞了一元錢到她手中。「這是我能貢獻你的極限了，孩子，」我說：「這也是幸運錢。把這賭在雙零上吧。」

她把它放在雙零上，贏了一大堆。

「不要動，再賭一次。」我說。

「你瘋啦？」

我聳聳肩，她從一堆籌碼中拿出五元，其他留在雙零上。

我永遠不會再知道：當時我為什麼對這雙零這樣說。我是伸了自己脖子出去，在冒險。我感到這是一個預感，正如一般男人有的時候突然會全身發熱，覺得自己有這種超人能力。我幾乎百分之百確定，這一次雙零會再來一次。若問我為什麼，我只是知道。就如此。

象牙球在輪盤上轉，終於落入了一個小格。

我聽到柳依絲叫出聲來，我向下看去，只是確定球落何家而已。

出了一個「七」。

「看吧，」她說：「你使我輸錢了。」

我大笑道：「五元也是贏呀。」

她說。「也許『七』會再來。」放了兩塊在「七」上。「七」真的再來了一次。自此之後我覺得幸福已離我而去，我只是隨便玩玩。柳依絲最後玩成了五百元的籌碼，她兌了現。

另外有一位褐色頭髮的女郎也無聊地守著桌子，心不在焉地在玩。她是一個精明鬼祟的女孩，臀部似蛇行，光著的肩非常好看，黑色眼睛有如熱帶海灘浪漫的夏夜。她和金髮的柳依絲一定是認識的，在柳依絲兌進現鈔後，她倆交換了一個眼色，過了一下，兩人湊在一起耳語起來。

過不多久，褐髮的女郎和白亞守搭訕起來。這真是一場對男性有示範性的秀。她請教他怎樣下注。在放籌碼到遠離自己前面的桌子時，把自己裸露的香肩放到離開他嘴唇不到一寸的位置，又回眸一笑。

我看向白亞守臉上的表情。我知道柳依絲是決心要跟定我了，「好吧，」我說：「算你贏了，我投降，要去哪裡？」

「我先溜出去，在衣帽間前等你。」她說：「不要想出歪念頭，告訴你也好，這裡是沒有別的出口的。」

「我怎麼會面對像你那麼漂亮的女郎而開溜呢？」

她大笑，等了一下，她溫柔地對我說：「是呀，為什麼？」我要多留一下，所以我放了幾次錢到賭桌上去。我始終覺得雙零還會出來。放在其他號碼上的錢，也從沒有贏過。白亞守已經被褐髮女郎吃定了。有過一次他突然醒悟，用帶了罪惡感的眼光四處在找尋，我聽到褐髮的女郎對他說什麼洗手間，又把裸露的手臂靠上他肩膀，在他耳邊輕聲地耳語了什麼，他大笑。

這是我最好的時機，我溜出來，來到衣帽間前。柳依絲在等我。「有車嗎？」她問：「還是我們要坐計程車？」

「計程車，」我說。

「好吧，我們走。」

「有特定的地方嗎？」

「我要去你的公寓。」

「我認為去你那裡好。」

她看了我一下，聳聳肩說道：「有何不可？」

「你的朋友，白先生不會突然光臨吧？」

「我的朋友白先生，」她笑道：「今天晚上有人照顧了。」

她把她公寓地址告訴了計程車駕駛。我們花十分鐘，到了目的地。那是她公寓沒有錯。她的名字在按門鈴的板上，她是用鑰匙開的大門，我們走上去——其實，這也沒有什麼。她說「有何不可」的時候，她已計算好。我既然知道她在哪裡工作，我自然可以把她的一切找出來。報上有她照片，警察在請她形容旅社裡向她打聽金見田那小個子男人的長相，她不必怕我，相反的，我應該怕她報案才行。

這是間很好的公寓。我一看就知道，靠一個二流旅社擺個香菸攤是維持不起這樣一個公寓的。

她把大衣脫去，要我坐下來，拿出香菸，問我要不要來點威士忌，把自己坐在沙發上我的旁邊。我們點著了香菸，她坐過來靠著我。微弱的光線照在她頸子和肩上，她誘人的眼神經由碧色的眼珠看向我。金色的頭髮，映在背部雪白的皮膚上，我怎麼會又想到了鬆了股的吊人麻繩。

「你和我，一定會成為好朋友的。」

「真的？」

「真的，」她說：「因為那上樓去看金見田的女人——也是你在跟蹤的女人——是薄雅泰。」

說了這些，她貼近我，蜷伏在我胸前，真有回事似的。

「誰？」我完全不認識地問道：「你說的薄雅泰是什麼人？」

「是你在跟蹤的女人。」

我搖搖頭說：「我的工作只和金見田有關。」

她扭動了一下，如此她可以見到我的面孔，她慢慢地說道：「反正這也沒有什麼差別。這個資料我自己無法直接利用——我寧願和你合作，會比和任何我認識的人合作好得多。」然後在一陣笑聲之後，她說：「因為我可以叫你乖乖聽我話。」

「這並沒有告訴我薄雅泰是什麼人。是金見田的女人嗎？」

我看見她在整體考慮這件事。以便決定要告訴我多少。

「是不是？」我再問一次。

她試著用其他問題抵制我：「你找金見田幹什麼？」

「我找他為的是生意上的事。」

「什麼生意？」

「有人告訴我，他有辦法可以打破投資條例，我是一個投資人，我有生意要向他討教。」

「所以你到他房裡去看他。」

「不是我，我租了和他相鄰的房間。」

「在門上鑽了一個洞？」

「是的。」

「偷看，又偷聽。」

「是的。」

「看到什麼？」

我搖搖頭。

她生氣了。「聽著。」她說：「你要不是我見過最渾帳的笨蛋，你就是最冷靜的聰明人。我叫你塞我兩百元，你怎麼知道我不會失望招警察來呢？」

「我不知道呀。」

「你最好依我的計畫走。你知不知道，假如我拿起電話報密一下，你會有什麼結果？聰明點，不要再誤事了。」

我試著吐個大煙圈，又吐個快速的小煙圈要穿過大的，沒有成功。她站起來，開始走向電話。她的嘴唇抿成一條直線。兩眼在冒火。

「你打電話報警呀！」我說。「我自己也正準備找他們。」

「你？」

我說：「當然，我不騙你，你還不明瞭呀？」

「你什麼意思？」

「我留在那相鄰的房間裡，一隻眼睛緊貼在門上鑽出來的洞上。」我說：「那個真兇手早已在我進入之前半小時，把那邊門上的門閂撥開了。他把門框弄下一條，把對方門閂弄開，走進對方房間，把對方浴室門打開，使浴室門遮掩住四一九房。他回過我租的那間房，把門框裝回去，等候到恰當的時間，他打開那連通門，走進那兩扇門形成的三角小隔間，溜進對間的浴室去。」

「那是你在說的神話。」

「妹子，你忘了一件事。」

「什麼？」

「我親眼看到過那兇手。我是唯一的目擊證人。我知道是什麼人幹的好事——金見田曾和那女人談過話。他給了她一些文件。她給他一張支票。他把它放進了上衣右口袋。在她走後，他走向浴室。我不知道那另外一個人在浴室中，但是我發現那連通門在我這一邊是沒有閂的，我在鑽孔後把它閂上了。兇手知道金見田要進浴室了，他想溜回四二一。但這邊這時閂上了。我在這一邊。在浴室裡的人被陷住了。」

「你自己怎麼辦呢？」

「我是個混蛋。」我說：「我應該拿起電話，告訴旅館大廳，叫他們把出路都封死，同時報警。我太緊張了。我亂了主意了。我竟想不到這一點，我匆忙中把連通門門閂拉開，把門一下打開。我跟了兇手走，我走到四一九房間口。我站在門口上下望走道。我走進電梯，我在二樓下來。大家都亂成一團時，我走出了旅社。」

「講得像真的一樣。」她說。想了一下，她又說道：「老天，還真的像真的——但是你永遠不會讓警方相信你的。」

我神氣十足地向她笑笑。我說：「你別忘了，我看到兇手的面孔。」

她的反應有如一下觸電。「是什麼人？」她問。

我向她笑笑。吐出另外一個煙圈。準備再吐一個。

她走過來又坐下。她把兩膝交叉起來，把一隻膝蓋抱在交叉手指的雙手裡。這件事出她意外，她不知道怎麼處理才好。她看看我，又望下看著自己的腳尖。晚禮服的裙子阻住了她的眼光。她把裙子向上拉，又站起來，走進寢室，把晚禮服脫下來。她並沒有把寢室門關上，過不多久，她穿了一件絲絨家居服出來。她又走過來坐我邊上。「說真的，」她說：「沒有想到這件事有那麼多的變化。我需要一個人可以處理姓薄那方面的情況。你看來很合適。我不懂你有什麼特點，使我好像可以信任你。你到底是什麼人，幹什麼的？」

我搖搖頭。

「聽著，除非你把真實姓名告訴我，否則你就別想走出這間房間。我要看你的駕照，你的識別證，取你指紋——若不然，我要去你公寓，看你住的地方，看你生活的方法。你懂了吧？」

我指著門說：「我感到合適，我想走的時候，誰也攔不住我。」

「我會背叛你的。」

「那麼，你計畫要對付傅雅泰，對你有什麼好處呢？」

「薄雅泰，姓薄。」

「好吧，就是薄雅泰。」

她說：「你真實名字是什麼？」

「王台生。」

「你騙人。」

我笑笑。

她換用甜言蜜語試試。「好吧，台生。」她扭著坐近我，斜靠向我腿上，用一隻手支持頭部，使臉轉向我，四眼相對：「台生，你是有腦筋的聰明人，你我兩個人可以合作起來，一起弄出一點名堂來。」

我不想面對她，她的髮色一再蠱惑著我。

「參加還是反對？」她問。

「假如是勒索，我反對。我不幹這種行業。」

「嘿！」她說：「我就要你從一開始就加入，不久我們兩個一定可以弄一批錢來花花。」

「到底對那一位薄雅泰，你有了什麼把柄？」

她開口，正要說話，我突然用手封住她嘴巴，我說：「不要說出來，我不要聽。」

她奇怪地問：「又怎麼啦，什麼事不對？」

「我可能和你不是一條陣線的。」我說。

「什麼意思？」

「寶貝，你給我聽著，我不會幹的。我不至於無聊到那種程度。你才是一直在騙我。這件事你自始至終都是有一份的。金見田自薄雅泰那裡弄支票。他交給你，你帶來這裡交給亞特娛樂公司。你給這裡的人抽掉一點，自己也撈上些。其他的交回現鈔給金見田，金見田交上去給上面的人，或是交下去給下面的人，隨你怎麼說法。現在我來告訴你一些事。你完了，你沒得再幹了，也不能再幹了。你只要動上一動對付薄雅泰，你就可能從牢裡往外看了。」

她突然坐起，重新對我看著。「嘿，見他個大頭鬼。」她說。

「反正，妹子，我可告訴過你了。」

「你是他媽告訴過我了，你這個狗屎。」

我說：「能再給我一支菸嗎？」

她把菸盒交給我，她說：「好吧，我老實說，假如我猜錯，算我是傻瓜。我看你走進旅社，警方在追查你。我撞見到你。我拋掉我的朋友，帶你到這裡，在沒有追問你是什麼人之前把真話都吐了出來……我認為你是一個私家偵探，替薄雅泰在工作——不對，你更像是受雇於她的老頭子的。」

我點上一支香菸。

「但是，你為什麼那麼毒，你？你讓我什麼都說出來，假裝可以替我工作，詐出我所有的想法，然後收縮你的線。」

我看向她，我說：「小姐，我要是事先知道的話，你可以咒我。」事實上，這也是事實。

她說：「照目前一切看來，你仍舊可能是幹掉金見田的人。」

「我的確有機會。」

「憑這一點，我就有能力叫你很難堪。」

「你這樣想嗎？」

「我這樣知道。」

我說：「電話就在那裡。」

她的眼睛變窄了。她說：「我一打電話，你就也把我拖下水去。你會說我告密的動機不是單純的。喔，有什麼用。」

「我們下一步做什麼？」我問。

「我們來一點烈酒。我再想一想看。哪些是你本來可以用來對付我，而你沒有做的。奇怪，我就是想不透你。你不是笨。你也許聰明透頂。你知道我要玩什麼，你跟進，我反而進了你的陷阱。活一天學一天，學到老學不了。怎麼樣？威士忌要加水，還是蘇打？」

「有蘇格蘭的嗎？」

「一點。」

我說：「我有公款可以開支。」

「好呀，這才過癮。」

「有熟人家，這時候還肯送貨嗎？」

「當然有。」

「好極了。」我說：「找他，告訴他送半箱蘇格蘭威士忌來。」

「不是騙人嗎？」

我搖搖頭，打開皮夾，拿出一張五十元鈔票，不在意地放向桌上。「這在我老闆來說，叫做不必要的奢侈開支。」

她叫了酒，掛上電話。她說：「乾坐著等他送來，不如先喝完我本來有的。」她把烈酒拿出來，冰箱裡有蘇打水。她說：「台生，不要讓我喝醉了。」

「為什麼不？」

「喝醉了我會哭。已經很久沒有人可以利用我而沒有利用。使我更想哭的是，你放過我不是因為我是我，而因為你是你。你是好人，你就是不肯趁人之危，你——吻我。」

我吻了她一下。

「不是這樣，」她說：「要好好吻我。」

我好好吻她。過了一下，商店送酒來。

我回薄家已是清晨兩點，我仍不能釋懷於那女郎的髮色，每次當光線自一特殊角度照上她金色美髮時，我總覺得像是一條鬆了股的吊人麻繩。

第七章 費氏銷售公司

早餐時，我問薄太太有沒有汞合煉熔方面的知識。我說我有一個朋友，姓費的，他在普門大樓有一個辦公室，才自遺產得來一大筆錢，但在找機構投資，據說他對礦產有興趣，所以想投資這一種行業賭賭運氣。問我有沒有什麼好的礦股。

洛白開口了，他說：「為什麼不挑自己人呢？」

我用驚奇眼光看向他。「倒沒有想到。」我說。

「他什麼地址？」

「普門大樓六二二。」

「我會派一個銷售員去拜訪他一下。」

「好吧。」我說。

薄好利問洛白，有沒有自警方知道更多金見田案的消息。洛白說警方查了金見田的底，得到的結論是，這件案子是因賭結仇引起，目前正在清查所有金見田的賭友，看那一個人會符合案發後自金見田房裡出來那年輕人的樣子。

早餐後洛白把我拉到一邊，問我費先生更多的情況，想知道他自遺產得了多少錢，又想知道他要拿多少出來投資。我告訴他，他運氣好，一起有兩筆遺產，他已經拿到了一些小錢，在月底前拿得到十萬元左右。我也問問洛白他公司是幹什麼的，業績好不好，他說：「一天天在好起來，過得去。」

他匆匆離去，薄好利自眼鏡上面看著我，好像要說什麼；他自動停止，兩次清清喉嚨，最後他說：「唐諾，假如你還需要幾千元錢花費，告訴我就可以了。」

「不要了。」我說。

雅泰穿了居家服，走出來給我一個她要見我的信號。我假裝沒有懂得，告訴薄好利我要送他出去到車庫。在車庫裡，我告訴他，我不準備告訴他我要進行的一切，這一點他很高興，不過我告訴他，我要和他一起進城。

他開車，一路注視前面的路面，保持不和我談話。我看得出他有很多話要問，但是，沒有一個問題他不會怕聽到真正的答案的。有兩次，他想起要說什麼話，吸口氣，在話出口前，又忍住，專心開他的車。

快到商業區之前，他終於想出一個他認為安全的問題。他說：「唐諾，你要我在哪裡放你下來？」

「喔，這附近隨便那裡。」

他又想說什麼，立即改變了意見，把車右轉，前行了兩條街的距離，在普門大樓前靠到路邊。「這裡好嗎？」他問道。

「這裡蠻方便的。」我說。打開車門下車。

薄好利像逃難一樣開車跑離現場，我上樓到六樓，看一下六二三室的門。看起來很好。我打開門過去，卜愛茜在打字。

我說：「老天，你只是第一站，用不著看起來業務那麼好的。」

她停下打字，抬頭望我。

「要進來的人，」我說：「以為我是一個從遺產上得了一大筆錢的人。他們不以為我的錢是辛苦賺來的。所以，你不必太忙的。」

她說：「柯白莎給了我一大堆信要我寫。說要我拿到這裡來工作——」

「用什麼抬頭的信紙信封？」我打斷她說話，傾身向前，看向她夾在打字機裡的信紙。

「用偵探社的信紙信封。」她說：「她告訴我——」

我把信紙一下自打字機裡拉出來，把它交給愛茜，我說：「放進抽屜裡去。千萬別給人看到，所有偵探社帶來，有名稱地址的都要收起來，你出去用飯時把這些混蛋東西帶回辦公室去。再也不可帶來，告訴白莎這是我說的。」

卜愛茜向上看我，笑出聲來，她說：「我還記得你第一天來找工作時是什麼樣子的。」

「什麼樣子的？」

「我認為你最多只能替她工作四十八小時。我認為白莎會牽著你鼻子，使你疲於奔命。這是所有來應徵，其他偵探的必然開溜理由——但現在，你是在給她命令。」

「這個命令是有道理的。」我說。

「我知道有道理，這就是好玩的地方。你根本不去和白莎論理，你也不低頭妥協。你只是我行我素，白莎開始一定怨言連篇，而後喃喃訴苦，最後一定照著你說的方法做。」

「你只要瞭解她，白莎不失為一個好人。」

「那是說當她瞭解你之後。想和她去建立友誼，那是等於用跑步去追火車頭。累死也沒有用。」

「你有沒有累死過？」

她看向我說：「有。」

「不太像呀。」

她說：「我和白莎之間已經得到一個共識了。我做好她交給我的一切工作。做完工作，我離開辦公室。我不和她客套。我也不要她對我友好。我的地位像是機器上的一個零件。我做我應做的。」

「你在打的到底都是些什麼信件？」我問。

「她每隔一段時間，抄名單寄信給各律師招徠生意。另外還有些信是有關她的各種投資。」

「很多投資？」

「不少。主要分兩大方向。她主要是喜歡安全的投資，有如政府公債。但是她還有另一面——冒險投資股票。她還是相當的一個大賭徒。」

我說：「好吧，這個辦公室是不同的，不需要太多的工作。你到樓下大廳報攤去，隨便拿幾本電影雜誌和口香糖。放一本雜誌在寫字桌第一個抽屜中，把抽屜開著，你只管嚼你的口香糖看雜誌，任何人進來。把抽屜一關，但是先要讓他們看到抽屜裡開著的雜誌，再關抽屜。」

她說：「我一直希望有一個像這樣的工作。別的女孩好像找得到，我沒這運氣。」

「這裡的工作看來一兩天就可以結束了。但是做一天算一天。至少是你要的那一種。」

「白莎會換人的，她會自介紹所找一個來替我，而把我叫回偵探社。」

「我不會讓她這樣的。我會告訴她我要一個能信任的。要一個打字員，洛杉磯隨地撿都是——也許給她看看，換一個人替你，她會多不方便。」

她抬頭，看我，很久後她說：「唐諾，我一直在懷疑為什麼有不少人支持你。現在我知道因為你總是為別人優先著想。你——」她突然不再說話，把椅子推後，很快通過辦公室，像著火一樣走出門去。

我走進內間私人辦公室，把門關上，靠向一張搖曳的辦公椅，把腳跟放在辦公室桌上。

當我聽到卜愛茜回來的聲音後，我拿起電話，按通往她桌上內線電話的按鈕。

「是的，」她說。

「愛茜，記住幾個名字。那是蘇派克，卡伯納和丁洛白——記住了嗎？」

「有。他們怎麼啦？」

「假如這三個人中任何一個來看我，就說我正忙著。而且所有上午都不會有空了。我就是不能見他們。我也不要他們等。知道了嗎？」

「知道了。」

「除了這三個人之外，不論什麼人來，先試著找出他來的目的，請他們坐，叫他們等。可能的話叫他給你一張名片，把名片拿進來給我。」

「ＯＫ，」她說，我聽到她把電話掛了。

我有很多事要想一想，我坐在那裡，抽菸並且思考，想把一切無理的片段湊起來。我倒未曾想去解破這件謀殺案，我的資料根本不足，但是我正在收集資料。我認為只要我保持頭腦清楚，不走錯一步路，我能弄清楚一切的。

十一點的時候，我聽到外面辦公大門打開又關上，又聽到人聲。卜愛茜拿了張名片進來。名片上有那男人的名字。除了名字沒有別的文字。

我看向名片。「力格普，嗯？他長什麼樣子？」

「推銷員之類，」她說：「工作壓力很高的。不肯告訴我。我問他見你有什麼事，他說是向你提一個投資的計畫。他大概四十歲，穿得有如二十七。但是穿得非常正式，是個衣著入時的人。」

「胖人？」

「不是，很瘦，前額兩側已禿。黑髮後梳，黑眼珠，未戴眼鏡。動作快，口齒伶俐。手指甲修剪整齊，而且搽白指甲油。鞋子今早才擦過。身上帶著理髮店的味道。你要不要見他？」

「要。」

她走出去。力格普進來。他兩個快步就走向前，握住了我的手。他的態度敏感又有吸引力。他馬上開始說話，就怕我會在他沒有講完前把他摔了出去。

「費先生，你一定會奇怪我的工作是什麼？當我告訴你秘書，我是來向你提一個投資計畫時，也許你會以為我有什麼東西要你來購買。事實上，正好相反。我來是要使你賺更多的錢。費先生，為了要達到這一目的，我需要三分鐘時間。」他自口袋拿出一個懷錶，放到我桌子上來。「請幫忙我注意一下時間。就以這個錶為準，三分鐘一到，你就通知我。我只要三分鐘時間。三分鐘就是我要的時間。而且我保證，這三分鐘會是你一生最值錢的三分鐘。」

「好吧，」我說：「我就給你三分鐘。」

「費先生，你有沒有停下來想過科技的神奇？你不要回答我，因為我知道你有想過。你知道，費先生，今日我們認為當然的事，在幾年之前，大家都認為這是科技上不可能的事。

「費先生，為了要給你看，你如何能自現代的科技發展中去賺鈔票，我實在有必要把我們這一州光榮的歷史翻轉一頁給你看看的需要。我們把這一州光榮的歷史翻到淘金熱的時候。每個來這裡的人帶了鏟子、鋤頭、三腳架、淘金盤，大批大批的金子自地上挖出來，流入銀行，造成今日之前的繁榮——但是仍舊有不少金子留下來，在本州的土地裡。

「在山區裡，在河谷鎮附近有大量的金子引起了熱潮。遠來的河水洶湧地夾帶了山區的金，突然到了開闊的山谷，河水平靜下來。當時成千成萬的男人，穿條短褲，夏天冬天，下雨日曬，終年在河裡淘著淘著，淘出了大量的黃金。金子較多的沖積土都被淘盡後，他們移向下游，下游在地理上是非常肥沃，可以耕種，於是自淘金上發了點小財的人，正好在此安居下來。然則正當他們在農作物成熟要收割之際，發生了缺水的問題。他們要挖二十五呎才能挖到水面，但是他們掘到草根就又發現了金子。可惜他們挖不到豐富的金脈，因為金脈在河床石之上，有的在四十呎以下。

「我不願浪費太多時間來詳談這些問題。費先生，無疑的，這一些你在西部片上看到不少，他們形容的也都是真的，我們馬上就要談到新的現代化發明了。一個人發明了一部大機器，在水位高的時期，利用一艘大平底船裝上循環的鏈狀挖泥機，開始向下挖，它把地底深處的石塊全挖上來，農田沒有了，但是不論挖到多少金子，田主得到其中百分之多少。挖完之後，田上表面剩下了拋不完的大石塊，肥沃的泥土全到地底去了。整個農村結構又改變了。良田不見了。土地成廢物了。

「年復一年，挖泥機吃完了全區的土地，最後一畝地處理完畢後，他們大家發現陷於一堆爛石頭之中。大機器不再有任何用處。拆除或移走都不經濟。連這些工作人員都沒有地方可去。很多人覺悟到他們把沃土犧牲，為了有限的黃金，有點殺雞取卵了。大平底船都漏水了，都傾倒了。機器變鐵鏽了。能當廢鐵賣的都賣了。其他變成了人類貪婪的紀念碑。

「有的地方，機器挖不到河床石，因而仍被迫留下十五到二十呎的肥沃泥土。費先生，我們好夢來了。一個金字的好夢，而且好夢不難成真。最近的科技造出了一種機器，可以重挖土地，把大石頭翻到下面去再把肥沃的土地翻到表面上來。河谷鎮的市商會甚至希望不必再挖金，只要能把石頭翻下去，沃土翻上來恢復耕種就可以了。不過這樣做，金錢浪費大多了。現在，市商會所不知道的是，其實河床石之上仍有不少金子等待著我們去取——」

「你的三分鐘用盡了。」我提醒他。

他看看我，看看桌上他放下的錶，他說：「是的，我用掉我的時間了，不過我也說完了。費先生，對一般人我必須要給他看以前的機器，和現在的機器有什麼功用上的不同之處。金子本來是在那裡的，機器進步了，挖出一批金子，造成一批百萬富翁。又再進步一點，又挖出一批金子，當然又多了一批富翁。以舊金山的歷史來做例子——」

「你的三分鐘在三十秒鐘之前已經用完了。」

「一點不錯。」他說：「我在說對付一般的人，我要把這些指出來，但是對你，費先生，你自己對銷售東西非常有經驗，所以有牟利的機會，你一眼就看得出來。現在的問題只是費啟安先生要不要把自己的名字，排上即將重列的百萬富豪名單而已。」

我把一支鉛筆在幾根手指中轉來轉去，儘量不使自己的眼睛去看他的眼睛。他不斷走來走去，希望我能不斷看向他。他加重語氣用手指敲敲我的桌面。「費先生，我不會和你爭辯，你是知道好歹的人。你是一個能很快，很正確做決定的人，否則你的事業不可能那麼成功。你會感激別人不斷提供你機會。這個機會不但可以讓我們去挖地下的黃金，而且挖完金子後，土地又回復到以前的肥沃，可以在加州陽光普照下耕種。過不多久，又可見蘭花和葡萄遍地，等待我們把它分區、規劃。想要土地的人，可以到我們辦公室來，一畝畝購買，隨便他們作什麼用處。」

「到目前為止，費先生，我還沒有告訴你這計畫中最特別的一個部份，但是，我知道的，我根本不需要指出給你看。我相信你已經聽了我告訴你的一切，而自己在問：『他什麼時候會提到黃金的價格，已經是原先的兩倍的。他什麼時候會提到身邊有黃金的人根本不必擔心通貨膨脹。什麼時候他會提到黃金總是最能安定人心的應急貨幣。什麼時候他會提到——』」

「你的三分鐘用完了。」我說。

「我知道，費先生，我可能占用了你的一點時間，但是我也很希望能把我給你說的——」

「這一切，」我非常小心地問道：「要花多少錢呢？」

「這操之在你的，費先生。假如你目的是十萬元，你的投資不會很大。假如你想五十萬，那就要一個中程度的投資。但是你想真正在裡面有勢力，可以將來變一個數百萬的富翁，那就要更大的投資了。」

「想變一個數百萬的富翁，要投資多少呢？」我問。

「五千元。」他眼睛連眨都不眨一下地說。

「你怎麼估計出來的？」

「這，要從頭開始說，這裡面所占的畝數太多了。」

「不必再重複這些了。」我說：「讓我們實話實說。」

「你想知道什麼？」

「你們股票值多少錢？」

「票面的一百五十七倍。」他說。

「你們的股票怎樣分的。」

他自口袋拿出一個皮夾，表情豐富地用皮夾敲敲我桌了。「費先生，當沒收農場投資公司才建立的時候，正是歷史上最不景氣的時代。這本來是一個農業的公司，目的是贖回那些抵押貸款後無法付出本利而被沒收的農場。所以，公司的資金準備得並不是太多的。但是現在這件有前途的新方向，已經開始了。合理的方法是增資到一千元一股。換言之，以前一股股票假如當時值一元，就要分成一元一股的一千股，本來要如此做並不困難，但是在辦理的時候，就發生了法律問題。一大堆的官樣文章，繁文縟節，故意的延遲，而我們股票主即應有的利潤也耽擱了。這是我們執政的人不負責任，少做少錯的做法——但是口裡叫的可是年輕做法，前進、進步、便民——把這些不談，我們只要一辦好這些，所有的股票持有人都可以立即得到利益。」

「投資五百元，會有多少利益？」

「你可以得到股票一股。票面是一元。真正的價值今天非常難講。有可能已值五千元。但是在六十天內，你沒問題一定可以以一萬零五百元出售。到今年年底那一股會值十萬元。」

我把眼睛看著他。他知道決定時機來到。像他那樣優秀的推銷員，當然立即把一切推銷用語停下來，讓我來把剛才他說的話在心中自己打算。

「目前我沒有太多的錢。」我說：「在三十天之內，我可以得到很多錢。」

「三十天之後，」他說：「股票自然會漲了很多的價格。不過仍還是個非常好的投資。」

「這樣好了，」我說：「我能不能買五百元股票，然後付五百元定金，三十天內依原價購買你們較多的股票？」

「這一點我一定要和總公司聯絡。」他說：「這不是正常業務情況。費先生，這樣做你便宜太多，你只是以五百元做賭注。一星期後這股票已經有了利潤，三十天之內你的五百元定金可能已經給你賺進二千元了。」

「這就是我的本意做法呀。」我說。

「但是，你有沒有想到過，要現鈔你可以去銀行。費先生，銀行……」

「我把條件已經開出來了。」我說。

「是的，費先生。」他說：「但是情況是那樣的。我們的上級必須要公正得十分謹慎。除了你之外，尚有其他的投資人。有很多人買了——」

「我的條件你聽到了。」我說：「你的時間都用完了。我對你的推介已清楚了。我對辯論沒有太多興趣。」

「你希望付五百元後，買多少錢的股票呢？」

「三十天後，我有十萬元隨便我用。我當然不會把所有的蛋放在一個籃子裡——給你公司的以五萬元以下為原則。我付你五百定金以示我的誠意，你要給我定下現值五萬元的股票，到時我來認購，不可以漲我的價。」

「我來試試看，但是，你會不會考慮一下——」

「不，」我打斷他的話，自椅上站起來說。「我是一個忙人，力先生。」

「是的，我瞭解。但請你瞭解，我是真心到這裡來給你一個投資良機的。你給我的時間，會掙回全部票價——」

「你知道我的條件了，你越早向你上級報告，你也越早能回答我的要求。」我走過去把門拉開。

他好奇地看了我半晌，然後伸出手來。他說：「費先生，容我恭喜你，你已經做了一生中投資上所做的最對的決策了。也比任何一位我所訪問過的人更精明，更能做買賣。今天下午我打電話給你，讓你知道結果。」

我站在門口，看他走過外間辦公室，開門走出去。

卜愛茜說：「老天，有這種好事。」

「你都聽到？」

「聽不清楚，但是他說起話來，一個字，一個字，錚錚有聲，都打在辦公室門上。」

我說：「給我接通薄好利。他辦公室電話簿上一定有。不要試他家裡，找他辦公室。」

我走回去坐在辦公桌後，三十秒鐘後，薄好利的電話接通。我說：「薄先生，你知道是什麼人給你的電話？」

「不知道。」他的話很堅決，我知道他不喜歡在電話上猜謎語，再玩下去他會把電話掛了。

「你的體育教練。」

「喔，是的。」他的語氣變了。

我問道：「假如你的繼子因為詐財入獄，對你會不會有不方便？」

「假如我的——老天，唐諾，你在說什麼呀？」

「我在說你的繼子。假如因詐財入獄，會不會對你不方便？」

「那會是大禍臨頭。那會是——」

「有可能你是任由他升到現在這個職位，」我說：「但是你根本不知道，他是別人推出來做前站的傀儡。」

「老天！」

我把電話掛上。

我在外間辦公室對卜愛茜說：「我現在去柯白莎那裡，要對她說她該另外找個秘書了。」

她笑道：「她不跳腳才怪。」

「讓她去跳。在一小時左右，刀先生會打電話來，說他已經想辦法使我的條件被他們上級接受，不過要馬上付諸行動才行。他說今天下午三、四點鐘前一定得訂約，否則他不能保留這個約定。他會說我一定得下午同時準備好說好的一千元在辦公室，他會帶合同來簽。不論他說什麼時候，你就同意他，打電話到白莎辦公室通知我，就可以了。」

「是的，還有別的吩咐嗎？」她說。

「萬一薄先生來電話，或是自己撞來了，告訴他費先生是個忙人，目前你不知道他到哪裡去了。」

第八章 幕後主腦人物

我對卜愛茜機關槍式速度的打字聲音已經聽習慣了，所以，當我站在「柯氏私家偵探社」門前，要推門進去時，聽到喀啦——喀啦——喀啦的打字聲後，幾乎認為我走錯地方了，必須退回來認定一下，才放心走進去。

我推門進去，平時卜愛茜坐的位置上坐了一位比較漂亮的女孩子，雙臂幾乎抱住了那台打字機，一隻手中拿了一支橡皮筆在擦打字機上打錯了的紙。她抬起頭來，當然不認識我。

我用大拇指一翹，翹向柯白莎私人辦公室，「有客人在裡面嗎？」我問。

「有，」她說，伸手向電話。

我說：「不必通知，我等好了。」

「請問先生貴姓？」

「沒有關係的。」

我走向一角，坐下來，拿起報紙。她不時看向我。我根本不看她，我知道她什麼時候看我，每次她看我，她必須把在打字的手停下來。

我可以聽到柯白莎辦公室裡聲音傳出來。只是斷續的聲音和單字，不能分辨出內容來。過了一下，辦公室門打開，一個男人走出來、那時我的報紙正拿在前面，但是我自報紙下緣望下去，可以看到他膝蓋以下的腿和腳。

不知道什麼原因，大家都知道偵探喜歡穿大而寬頭的鞋子。有一段時間私家偵探都是退休退職的警察警官在擔任，這句話是有點道理。但是近年來聰明的私家偵探早已把這習慣改過來了。

這個男人體重不大，深色鞋子，燙得很好的褲子，但是他腳部的動作使我把報紙留在原來的位置，不動。他走向門口，突然停下，轉身回來對白莎說話。他的腳尖是直接朝向我坐的方向的。我還是用報紙擋在他和我之間，他也就站著不移動。

我把報紙放下，隨便地向上一看，我說：「請問是柯太太嗎？」

她快快地倒抽了一口冷氣。

那男人四十五歲，高身材寬肩膀，他像是個文靜、保守的人，但是在他眼中有我不喜歡的表情，雖然我沒有看向他，但是我知道。

白莎道：「年輕人你想要什麼？別說你來這裡是想推銷什麼東西的。看，我這裡什麼雜誌都訂了，至於捐款，那更不必談了。」

我笑著道：「只要等你有空時接見我一下就行。」我又回頭看我的報紙。

那男人說：「柯太太，再見。」走出門去。柯白莎等外間房門關上，她用大拇指指一指叫我進她的辦公室。

我跟她過去把辦公室門關上。她點上一支香菸。她的手在顫抖。「我的上帝，唐諾。」她說：「你怎麼會知道的？」

「知道什麼？」

「知道他是一個在找你的偵探。」

「那是他的鞋尖，指向於我的那種樣子。」我說：「他看起來像隻獵狗。」

「真是險之又險。」她說：「但是對你沒有好處，危險還在後面。」

「他找我做什麼？」

「你該知道的呀。」

「他說些什麼？」

「說他是一個一個地在找和這件謀殺案有關的人，在談話。他說他要知道有沒有一個姓賴的人在替我工作。他問那姓賴的是不是在替一個姓薄的工作。」

「你怎麼對他說？」

「我告訴他，有關我的雇主要做什麼，我不太方便討論。那該由他去問薄先生。」

「他們很聰明，」我說：「他們是因為其他原因在追蹤薄雅泰，而他們發現我也在那地方。」

她說：「他們發現你的樣子，正符合於金見田案子中另外一個人的樣子。」

「可能。」

「那我們怎麼辦？」

我說：「我看我得溜掉一陣子。」

「案子你辦得有進展嗎？」

「一點點。」

她說：「唐諾，你老是把我拖進麻煩去——自從你來了之後，每一件案子都弄得危險重重。我害怕了呀。」

「你也比以前賺錢多十倍以上呀。」我指出道。

「是又怎麼樣？你太野，你太冒險。要知道鈔票在監獄裡是沒有用的呀。」

「有人正巧在我辦的案子時，挑一個特別的時間，把一個人幹掉，不是我的錯呀。」

她想不出這個問題她該怎樣回答，所以她根本就不回答。她用發光的眼睛，冷冷看向我，她說：「我打電話給愛茜，問她我交給她的工作做得怎麼樣了。她說你叫她停止了。」

「是的。」

她臉脹紅了，「這個辦公室由我在主持。」

「而我是費氏銷售公司的主持人。想想看，花了那麼多勁建立一個門面，結果進來的人發現信紙信封上面印的是柯氏私家偵探社。」

「但是，」白莎強詞奪理地說：「我不能付了錢讓她坐在那裡修指甲，什麼也不做。我給她的工作也是一定要做的。」

「另外再找個女孩子，」我說：「把它記在開支上。」

「開支無所謂，我要和你交換。你把外面那女孩子帶走，我要卜愛茜回這裡來。」

「好呀，你怎麼說都行。」

「我說過了。」

「你是老闆。」

她等候我來辯論，但是我沒有。

「怎麼啦，有什麼不對嗎？」她忍不住說。

「沒有呀，你要這樣辦也沒有什麼不對。當然，照目前情況看，事情已經相當有眉目了。就怕這位小姐會回家告訴她媽媽、男朋友，她工作地點為什麼改變了。」

「我就開除她，另外請一個，這一個反正也不合理想。」

我說：「好呀，一定注意選一個沒有男朋友，沒有家屬的。」

「為什麼？」

「因為女孩子回家會開口。那一個在普門大樓的辦公室——你是知道的。我沒有事給女秘書做。那裡是裝樣子的。有點頭腦的女孩子都會知道這是個陷阱。」

柯白莎深深地吸了一口她的香菸。「照你這樣說，這樣是不行的？」

「不行的。」

「唐諾，他們會捉到你的。他們會把你拖到旅社去。那邊的人會指認你，你會去坐牢——別以為你坐牢我還會給你薪水。」

我說：「今天下午我要花費開支費一千元。」

「一千元？」

「對的。」

柯白莎拉一下放現鈔的抽屜，確定抽屜是鎖著的。沒錯，抽屜是鎖著的。她說：「看樣子你得用別的戰略了。」

我說：「我已經用掉了呀。」

「你已經什麼？」

「我已經花掉了。」

她的眼皮眨了好幾下，然後盯著我看。「哪裡得來的？」

「薄先生交給我的。」

「你從我這裡拿了錢之後，又直接向他去要錢？」

「不是的，是他自己要拿給我的。」

「你拿到了多少？」

我用手把手指指尖放在一起又分開來做成一個張開的手掌。「沒有限制。他告訴我，隨時假如我要幾千元，開口就可以。」

她說：「這個偵探社，有關錢的事都由我安排。」

「你儘管去安排呀。只要不影響我的設計。」

她湊向前，盡身體所能接近她桌子，來面對我。「唐諾，」她說：「你得寸進尺。我是老闆呀。」

「這一點不必爭論。」

「但是，當我——」

外面辦公室傳來急急忙忙的腳步聲。我能聽到新來的秘書快快的腳步希望能阻止他向前來，轉開門把，闖進來的人。門被一下推開，薄好利一陣風似地進來。「還好你在這裡，」他說：「你到底想幹什麼，要我心臟病發作？」

我說：「你就把困難告訴我就可以了。」

「我和你兩個要好好談一下。走，我們換個地方談。」

柯白莎一本正經地說：「薄先生，自今以後，給你的報告都由我來給。唐諾負責所辦事情的書面報告，我整理後再交給你。這辦公室最近的作業方式有些亂。」

薄好利轉向她說：「你在說什麼？」

「你的一切業務關係是和我發生的。在以後，希望你能一切都和我商量。所有報告也由我來給你。」

薄好利自眼鏡的上面看向她。他說話聲音很低，很能自制，而且十分的有禮貌。

「我懂了。」他說：「是我亂了章法了。」

「是唐諾亂了章法。」

「可能是為了開支費問題？」

「那只是一部份而已。」

薄好利說：「跟我來吧，唐諾，我和你談談。」

柯白莎酸溜溜地說：「沒關係，不必管我。我是他的雇員而已。」

薄好利看向她，他平靜地說：「我的原則當然是以我的利益為第一優先。你別忘了，所有的錢都是我付的。」

這一下白莎弄清楚了。她說：「是的，是的，當然，薄先生。我們代表的是你的利益。我們希望做的，就是達到你的要求。」

薄先生扶住我的手，他說：「那麼走吧，唐諾。」

「我們去哪裡？」

「下樓，在我車子裡談。」

「出去旅行一下也許對健康有益。」白莎說。

「我也想到過一招。我們公司車在哪裡呢？」

「車庫。」

「再見。」我說。

「愛茜什麼時候還給我？」

「暫時不知道。」

柯白莎強忍她自己的脾氣。薄好利扶住我的手肘，帶我經過辦公室，下去到停車場，他的大房車就停在那裡。「好了。」他說：「我們在這裡談。」

他把自己滑到駕駛盤後面。我坐他旁邊。「小洛的事，怎麼回事？」

我說：「你自己想想看。」

「我是在想，我早就該想了。但是這種可能性從來也沒有想到過。」

「除這些之外，還會有什麼可能性呢？」

「我一直以為是一個詭計，目的是想把我的錢弄過去。我認為卡伯納是所有事情的主腦人物。錢也是他賺來的。薄太太希望洛白有成就，而其他人認為要進攻薄太太，最好的方法是經由洛白。」

我說：「這是個詭計沒有錯。他們把洛白推向最前方。我倒覺得這和卡伯納無關。」

「他多少總是有一點份的。」

「比伯納更精明的一個頭腦，一定在幕後主持著大局。假如卡伯納也有份，他也只是被利用而已。據我所知，為了他自己，卡伯納並不希望薄太太的兒子牽進危險環境裡去。」

薄先生吹一下口哨。「到底是怎樣一個詭計呢？」

我說：「他們買下了河谷鎮開金礦及所棄置的渣滓之地，大力在宣傳這裡面還多的是金子。」

「有沒有金子呢？」

「我不認為會有。但是深到近河床石的地方，過去挖礦的公司倒是沒有挖過。」

「這就是他們持以為據的嗎？」

「是的。」

「他們準備怎麼做？」

「把面額一元一股的股票以五百元一股的現價，經由一個已倒閉又重組的公司賣出去。」

「老天，他們怎麼可能這樣做呢？」

「能說善道的推銷方法，高壓作業，選擇可能買主，爭取拜訪，訓練好的說詞，爭取在三分鐘內把要說的說完，把死的說成活的。幾個當中有一個上當就足夠吃了。他們把一個錶放在凱子的前面。凱子被他說得好像自己很重要，時間就是金錢，自己重要到一分鐘也不該浪費。推銷員說完他的話後，本來該凱子發問的時候，凱子反而放棄發問權，煞有其事地敲敲桌子對推銷員說，你的三分鐘用完了。」

「這樣做有用嗎？」

「有用，凱子自己會急急地投入羅網去。」

「給你一講，」薄先生說：「我懂了，很好的心理學。」

「也相當有用。」

「投資的人因而該問的也沒有問？」

「沒有，每次投資人要問什麼問題，推銷員又開始講，好像他講到要點，被打斷似的。因為他限定的時間只有三分鐘，所以他得拚命講。」

「計畫要是出自我那寶貝兒子，我倒還真是要恭維他。」薄好利說：「他比我想像中要聰明呀。」

「不是他想出來的。」

「那麼是什麼人呢？」

「多半是一個律師——叫作韋來東的。他也弄出了一個辦法，可以在投資條例中取巧。」

「辦法合法嗎？」

「也許不合法，至少他們執行的方法是不合法的。所以才要小洛做這個總經理。」

「推銷的方法是沒有什麼錯的囉？」

「沒有，而且非常聰明。」

薄好利抽出一條手帕，在他前額擦著。「想起來是我不好。太早叫小洛自己去發展，不去查看他在搞什麼——是我沒有負到教養的全責。」

我什麼也沒有說。

過了一陣，他說：「賴，你準備怎樣做？」

「你有多不希望小洛坐牢？」

「不論如何，我們要避免這一件事發生。」

「我認為我必須自己到河谷鎮去一兩天。」

「為什麼？」

「那是他們作業地區。」

「在那裡你希望找到什麼呢？」

「我可能找到以前那家公司有關從前挖掘時的記錄。」

「又如何？」

「假如被我找到。」我說：「記錄上所示又如我所想時，我就可以和律師談判

——不過恐怕找是極難找的。」

「為什麼？」

「想出這種推銷計畫和打破投資條例的人，恐怕已經處理過這一切了。」

「你還要做什麼？」

「現場看一下，希望能看穿這場陰謀。」

「你離開這裡後，那另一件事——怎麼辦？」

「那另一件事目前太燙手了。燙手到我一碰就非燙傷手不可了。我也是因此而想離開一兩天，等這件事冷一冷。」

「我不喜歡這樣。你離開一下後雅泰有電話來。她說她意會到你只是和我走到車庫而已，以為你會立即回去的。她要見你。她在擔心——豈有此理，唐諾，我們都擔心，我們都變成了要依靠你了。」

「你雇我，本來是為了如此的。」

「我知道，但是有一點不同。假如你離開，雅泰會迷失的。」

「雅泰也必須離開。」

「什麼？」

「你聽到我說什麼了。」

「你是說和你一起離開？」

「不是，該自己另去別的地方。去拜訪什麼人，和不在本市的朋友聚幾天，不要給任何人知道去哪裡了。」

「為什麼？」

「因為，在我能知道答案之前，我不希望有人問她問題。」

「但是，你為什麼離開呢？」

我說：「偵探已經跟上我了。他們在調查，你要不要我來告訴你，他們在調查什麼？」

「不要，不要。」

「好吧。我告訴你我要幹什麼，和你能做些什麼。」

他想了一下，自口袋摸出支雪茄來，把尾巴剪掉，插上一支火柴。「你什麼時候離開？」他問。

「馬上。」

「我怎樣可以和你聯絡？」

「最好你不要。有什麼要緊事可以和柯白莎聯絡。」

「但是你是要去河谷鎮？」

「是的。」

「你不知道你要去多久？」

「不知道。」

「你要先回自己住處，帶些東西——」

「我哪裡也不去，什麼東西也不帶。我現在去車庫。把公司車開了就上路！要什麼東西，一路可以買。」

「立即走？」

「還有一件事辦完就走。」

「什麼事？」

「辦理費先生辦公室的一件大事。」

「我可以開車送你去普門大樓。」

「我先打個電話進去。」我說：「你等一下，我就來。」

停車場加油站有一個公用電話。我打那愛茜給我的號碼。愛茜來聽電話。「有消息了嗎？」我問。

「你太把他們想成不要你的鈔票了。」

「為什麼？」

「你說他們會把截止時間定在下午二點。」

「他們怎麼說。」

她說：「那推銷員自己來了二次。他說十分鐘後還要來。他說他可以依你條件辦理。但是一點鐘前不能簽約，就沒有辦法了。」

我說：「再拖一下。我會設計一個合約的。」

「他帶了一個來。」

「我不會喜歡他的合約的。」

「要我替你告訴他嗎？」

「不要，你拖他一下就可以了。我就回來。」

我走回停車處對薄好利說：「好吧，你開車送我入普門大樓好了——再不然我可以搭計程車。」

「我送你去好了。」於是我們乘他的車來到普門大廈。

我上樓去辦公室，薄好利在樓下等我。我進門的時候，力格普在等我。他握住我手上上下下地搖，他說：「費先生，恭喜，恭喜！你是我十五年推銷經驗中最具賺錢頭腦的生意人。你贏了，依你的。」

他扶住我手肘，把我帶進私人辦公室，好像這地方是他的似的。他拿出一張股票，他說：「你看，這是一股的股票。這是一張我們總經理和他的秘書都簽好字的合約書。」

「你工作效率好得很。」我說。

「要使這種口頭特殊請求得到上級批准，工作不快不行。一開始當然不會有人同意，但是我告訴他們，目前錢不在你手裡。又說你百分之百可靠，是個好客戶。說你——」

他不斷說下去，但我已不在聽。我在看這張他們擬好的合約。出乎意料的，內容竟完全是我告訴他的。我在我應該簽字的位置簽上字，又在完全相同的一份上也簽好字，我把一千元交給他，把股票一股，和那張生效了的合同放入口袋。合同是由丁洛白以總經理名義簽的字，另外有一位姓麥的秘書簽字。我和力格普握手，告訴他我另有約會，把他推出辦公室。

我對愛茜說：「記住，你一個人維持這辦公室開著，等我回來。」

「你去哪裡？」

「我公事出差要出城去。」

「這件事你和白莎談過了嗎？」

「有。」

「她怎麼說？」

「可以的。」

「把我拋在這裡看雜誌？」

「是的。你願意的話可以織件毛衣。上班時可以抽菸，也可以嚼口香糖。這裡的工作就如此。哪裡去找這種工作？」

她大笑。

「我變成花瓶了。」

「那正是我要你扮的角色。」我說：「懂了嗎？」

她向我真心笑一下。她說：「唐諾，祝你好運。」

「你要繼續為我祝福。」我說。走下去，告訴薄先生，我已經一切就緒，準備要走了。他堅持要把我帶回白莎停車的車庫，我可以去拿那老爺公司車。當我把公司車開離車庫時，我看到薄先生的眼神，他絕不像我想像中那麼笨。

第九章 這一帶的古老故事

河谷鎮，一度確是市商會可以大吹特吹的地方。高山之上是大松樹、橡樹和石南科灌木的天下。稍下一點，是大的造船用槲樹。其下是起伏的丘陵地，再下就變成了一度極為肥沃的山谷地。

現在，整塊地是廢地，大塊大塊的石頭，排列在挖泥機挖出的深深巨溝旁。這些都是原始冰河和河水浸蝕的大圓石。當時也許要大得多，即使現在仍像大太陽中沙漠裡的大白石。在挖金的人沒有碰過的丘陵地上，大量的橡樹造成了黑黑的陰影。斜坡上不是葡萄園就是蘭園。留下來的足夠告訴大家，這裡一度未被破壞前農夫們有多快樂。

一條河自山上流下，在河谷鎮外經過，隨後因著地勢的轉平，分成很多支流，流入醜陋不堪的人造石塊區。

我找到一家汽車旅館，先住下來。登記的名字用真名賴唐諾，登記的車號也一字不錯寫上公司車車號。我怕的是有一天警方會調查我每一分鐘的行動，我不能叫別人說我使用假名在逃。

我立即展開行動。

仍居本鎮未離開的鎮民深恨挖金人的不擇手段。本來有地的人，已經清理一切拿了現鈔去較大的城市了。鎮裡，一度全是挖金辦公室、機械公司，現在都空了出來。整個鎮裡暮氣沉沉有如葬禮儀式在進行中。仍在鎮上做生意的店舖都很沮喪，留在那裡的原因是暫時不知該到哪裡去。

沒人知道挖掘公司當時的紀錄後來到哪裡去了，那些總公司都是在別的地方的。資料都沒有了，大機器也沒有了，連雇員也不知去向了。

我不斷地詢問，有沒有哪位年長雇員仍在鎮裡沒有離開。有位雜貨店的老闆告訴我，他認為有一個老隱士，叫作彼德什麼的，當初有替挖掘公司服務，參與挖掘。他想不起彼德姓什麼了，也已不知道他現在住哪裡了，不過他在河的下游一哩處有一個住處。那地方還有一塊地，沒有被他們挖過，而彼德住在這上面。他每過一段時間會到鎮上來採購一些供應品。他都是付現，而且從不多言客套寒暄。什麼人也不知道他如何維生。

我又聽到有不少公司正在這一帶計畫要把石塊放回地下，而把地下沃土再翻到上面來。老本地人都在說，即使他們能辦成，也至少要很多年後，上面才能長出農作物來。另外一派人物認為只要用現代化的科學肥料，穀類幾乎立即可以自這種泥土上生出來。各派自以為是，先入為主，凡是和自己不同理論的都不予考慮，聽都不聽，各作沒結論的爭論，我知道和他們去談話，不會有結果的。

我來到彼德的隱居處時，時間已近黃昏。他住的地方一度曾是挖掘現場作業的房子，四周都有窗戶。一半的窗戶，已經被彼德用油筒上剪下來的鐵皮釘在窗上，封了起來。

彼德已經將近七十歲了。他骨架很大，但是肉不多。沒有皮鬆弛的樣子。他姓苟。

「你想要知道什麼？」他問，一面引導我坐向一張自造的木板凳，板凳邊上有個舊貨堆裡撿起來的破火爐，火爐裡有火在燒，火爐上一隻鍋子，沒有鍋蓋在煮豆子。

「我想知道一些這一帶的古老故事。」我說。

「為什麼？」

「我是個作家。」

「你在寫什麼？」

「一篇掘金的歷史故事。」

彼德把菸斗自嘴上拿下來，拿住菸斗的斗部，把柄端向河谷鎮大概的方向指一指。他說：「他們會把什麼都告訴你的。」

「他們偏見很多。」我說。

彼德有趣地輕聲咯咯而笑，哲學意味地同意道：「一大堆狗屎理論。」

我向房間的四面看看。我說：「蠻溫暖的住處呀。」

「給我這種人住正好。」

「怎麼可能挖金子的人沒看中這塊地呢？」

「他們一定要留一條地，使河水不倒灌進工作的地方來。他們本來想做一條防洪堤，把河水引開，但沒有成功。他們留這一條地不挖，以便將來再來時，土地不會給河水淹沒了。」

「這一條未挖過的地有多大？」

「大概一哩長，幾百碼寬吧。」

「真是極漂亮的農地，其他地方本來也像這裡一樣嗎？」

「不是，這一條本來也是未耕的土地。其他土地都不知要比這一帶好多少。尤其是近山谷的地。」

「我覺得這一帶已經不錯的了。」

「嗯哼。」

「我一路過來還看到有兔子。」

「不少兔子。有時我也打一兩隻吃牠們的肉。」他伸手指指牆上掛著的點二二口徑銹掉的來福槍：「這支槍外表不怎麼的，內鏜可是光亮如鏡子的。」

「這塊地的地主是什麼人呢？」

他的眼睛閃著光彩。「本人。」

「真是好極了。」我說：「我覺得在這裡生活，比在鎮上好得多。」

「事實上確是如此。這個鎮已經死掉了。這裡則不然。你怎麼找來的？」

「鎮裡有人說你可能在這裡，而且可能告訴我一些挖金時代的故事。」

「想知道些什麼？」

「只是些一般性的就可以了。」

彼德又把菸斗的柄指向河谷鎮的方向。「那些人真令人倒胃口。整件事，我在開始的時候就完全看透了。這一帶的土地肥沃，用馬用犁的時候，這裡是魚米之鄉，農夫生活過得十分愜意，突然有人來遊說挖金子，多數人都認為不可能的事，大家反對，突然真的有了金子，大家瘋狂起來。地價也狂飆起來。沒有人肯出售，因為天天有新價。商會介入，他們向商人低頭，把整個鎮送上門去。鎮裡每一個人都有工作做，還要自鎮外引進人口，很多很多人。市鎮大大膨脹，物價飛漲，交通工具來不及供應貨品。每每有冷靜一點的人都會談起，一旦挖金公司工作做完，市鎮會變成什麼樣子。

「慢慢的，狂熱平靜一點了。炒地皮的人都想脫手了，買的人意願不高了，工作需要的人少了，即使賣壓重，市商會尚不能面對現實。他們不斷說有一條鐵路會築進來經過這裡，本鎮會是鐵路上重鎮之一。又說石頭下面還有黃金。但是下坡時比上坡時快得多。不多久，就變成今天你見到的模樣。每個人都在咒挖金公司。」

「你替挖金公司工作過？」

「嗯哼。」

「什麼時候開始工作的？」

「正當他們開始要挖金子的時候。」

火爐裡的火旺了一點，火爐上的豆子在滾，彼德站起來，用支木匙把豆子翻一翻。

「我對這一段十分感到興趣。」

「你說是個作家？」

「是的，假如你想賺幾塊錢，我可以整個晚上和你在一起，你講的對我都會有用的。」

「多少錢？」

「五塊錢。」

「先拿來。」

我給他一張五元鈔票。

「一起用晚餐。」

「高興之至。」

「除了豆子，餅乾，糖漿，沒有別的東西。」

「聽來已不錯了。」

「你不是本地區的漁獵督導官吧？」

「絕對不是。」

「好吧，我還有兩隻偷獵來的鶉。我們兩個先來吃飯。吃完了飯，再來聊。」

「我幫你弄好嗎？」

「不要，你坐著。坐那角落去，不要擋路了。」

我看他一個人弄晚餐，不自覺地有些羨慕他。房子很簡陋，但是很乾淨。每一件東西有一定位置，沒有一件東西不在位置上。食櫃是木板釘成，原來是裝兩個五加侖煤油筒的大木箱。裝物櫃是小木箱上下左右釘在一起的，都不必用鋸子就釘成了。彼德拿出兩套刀叉盤子。糖漿，他解釋給我聽是自製的，一半白糖，一半紅糖，加了點楓樹味。餅乾，實際上是自己用鐵皮烘的乾餅。沒有牛油。乾煮豆裡大蒜特別多。汁很濃厚。鶉是醃過的。彼德解釋在本州准獵季中，他喜歡宿營打獵。有時禁獵季也手癢，不過打來的鶉必須遠離房子去毛，去內臟，去頭，去足洗清潔，所有雜碎都要埋掉，然後把牠燻過。沒有一個渾帳的漁獵督導官可以找到他藏在哪裡。

「這些傢伙常找麻煩嗎？」我問。

「城裡有一個傢伙自己討了一個督導官助手幹。」彼德道：「他有時會到這裡查看一下。」彼德又咯咯地笑了起來，他說：「還不是每次什麼都找不到。」

晚餐吃得很舒服，飯後，我希望彼德准我來洗盤子，但是在爭論的時候，彼德就把該洗的都洗乾淨了。所有的東西又放進了箱子做成的食櫃。彼德把煤油爐放上自己造的桌子。

「來支香菸？」我問。

「不要，我還是用我的菸斗。便宜一些。我也喜歡用菸斗——有滿足感。」

我自己點上香菸，彼德點上菸斗。那是個斗很大的菸斗，所以要裝很多菸絲，吸起來尼古丁一定很多，整個房子也都是煙味，不過並不難聞。

「你想知道些什麼？」他問。

「你也曾經參與探勘過？」

「當然。」

「怎麼探勘的，我認為不是太容易，因為值錢的都在水下面。」

「那時候，」他說：「我們有個鑽井機，用它來探勘不困難。你把鑽頭打穿地面到河床，用個吸泥機把地下泥巴和水吸出來，所有吸出來的倒進一個大缸，一盤一盤淘，就掏出黃顏色來了。」

「顏色？」我問。

「是的。那是被河水及冰河自上游沖下來的，大小如針尖。要很多很多次的淘金後，才能值一毛錢。」

「那你必須要掘很多很多洞，才能賺錢囉？」

「不行，賺不到錢。只有大大的挖土機在一毛錢一平方碼的土地上才能有利潤。

而且還只能一個人工一天開完。」

「但是，這種鑿腳礦苗，他們用什麼方法來估計可以有多少利潤呢？」

「容易。」他說：「工程師打洞知道一次可以抽出多少平方英吋的泥土，而每一平方英吋泥裡又有多少的散金。」

「他們沒有挖到有很多很多金子的洞嗎？」

「沒有，只是黃金的顏色而已。」

我等了一下，好像是自己在想，只是想出了聲音。「要偽造這一類資料，並不困難呀。」

他自口中拿出菸斗，看向我一分鐘，把嘴唇閉成一條直線。什麼也不說。

「這是唯一你們探勘過的地方嗎？」我問。

「不是。我熟悉這一種方式的工作後，」他說：「他們調我去全國工作。我也去過加拿大的克倫岱克河，那是尤肯河的金礦區，那裡常年冰凍，我們先要用水蒸氣把表面的冰溶解才能開始挖洞。我也去過南美探勘。我跑遍全國——最後回這裡開挖泥機。」

「有存些錢嗎？」

「一毛也沒有。」

「但是你現在不工作了呀。」

「沒錯，我還過得去。」

我靜默了一下。彼德又說：「我現在過日子花不了多少錢。我的東西都是來自就地取材。蔬菜是自己種的。只有豆子，菸草，糖，麵粉是不時要進城買的。我也買醃火腿，炸火腿剩下來的油可以炒菜。一個人生活，簡單得很。」

我又自己想了一陣。我說：「我來的時候沒有想到會在這裡過一個十分舒服的黃昏。現在只缺乏一件事了。」

「什麼事？」

「來一點酒。我想我們可以一起進城，很快弄一瓶回來。」

他看向我，好久地不開口。「你喝什麼樣的酒？」他問。

「隨便什麼，只要是好酒都行。」

「你通常付多少錢去買酒？」

「三塊錢左右一夸特。」

他說：「你別離開，我馬上回來。」

他站起來，走出門去。我聽到他走出去的腳步聲。我聽到他走出去二十呎左右。然後他站定了不動。此後，腳步聲又響起。門外月光正明。經過沒有被洋鐵皮釘死的窗戶，我向外望，我看到月光照射下，橡樹、松樹底下都有陰影。挖掘過的地方高低不平，一部份凸起之地反射月光成白色，使我想起了沙漠。

過不多久，彼德回來坐下。我看向他，拿出我的皮夾，拿出三張一元鈔票。

他交回我一張鈔票，伸手進褲袋，掏出一個五角硬幣，交給我。「我只帶來一品脫。」他解釋道。

他自後褲袋拿出一個瓶子。放在桌上，自己去拿了兩個杯子。他倒了一些在兩個杯子裡，自己又把瓶子放回後褲袋。

酒是深琥珀色的。我嘗了一下。居然不壞。

「好貨，」我說。

「謝了。」他謙虛地說。

我們坐在那裡喝酒，抽菸。彼德給我說老礦區的故事，給我說沙漠中失落礦區的故事，非法占奪他人礦權的故事，因礦造成夙怨的故事，也點綴了不少本地舊日最熱鬧的奇聞軼事。

第二杯下肚時，我頭腦已經有些嗡嗡的了。我說：「聽說最近有一家新的挖掘公司，想要來這裡。」

彼德咯咯笑出聲來。

「會不會你們那個時候漏失了什麼？」

彼德說：「那時我的老闆是個姓潭的老頭子。以為他的眼皮底下會漏失什麼東西，那是天下的大奇聞。」

「但是仍有一些地方他們不能深及河床石，是嗎？」

「沒錯。」

「有不少這種地方？」

「沒錯。」

「那麼他們為什麼不能在這裡再挖？」

「可以呀。」

「能賺錢？」

彼德把嘴唇閉緊。「也許。」

「事後，他們又可以再把這裡變成可耕地？」

「那是他們在講。」

「真成事實，不是很好嗎？」

「沒錯。」

「我猜他們會找到你挖掘時的紀錄，知道每一塊地能鑽多深，鑽過多深，然後他們會知道再去哪裡挖。」

彼德湊向我道：「我一生見過最假、最鬼的騙子，都聚在一塊去了。」

「什麼意思？」

「他們這種挖掘法。」

「他們已經開始挖掘了？」我問。

「當然。這裡再下去一哩半。老天，全是騙人。」

「怎麼回事？」

「怎麼回事！」他說：「老天！他們把黃金放進鑽探的管子去，又把它抽上來，用盤子掏出來。過一段時間，就會招攬一批凱子來參觀。凱子們個個兩眼瞪著盤子底下，猛看淘出來的金沙。他們不知道的是，有一位工作人員要用手拉住一根繩子以安定鑽子的上下運動。你仔細看他手，你會看到他一隻手放褲袋內，只有一隻手扶著繩子。你再仔細看，可以看到他不時把口袋內的手伸出來去扶那繩子，又把本來扶繩子的手放口袋裡去。那隻才自口袋裡伸出來的手中，會有含量的金沙撒進鑽頭裡帶下地去。告訴你，這是相當詭的設計。他們不會使它出來太多的金子。他們算得精精的，而且，鑽頭不到以前鑽過的深度以下，他們也不出金沙。不過，老弟，你相信我，這些凱子親眼見到，當鑽頭鑽到河床石之後金沙就大量增加了。你甚至可以親自從一個洞的出金量，計算到每一畝地，可以出多少金子。又可以計算到發財的數目字。他們得挖一個像肯德基州一樣大的洞，來藏這裡挖出來的金子才行。」

「他們投資了不少黃金？」

「什麼？撒進洞裡去的嗎？」

「是呀。」

他搖搖頭道：「要不了多少。他們是渾蛋。有一天會被捉去坐牢的。」

「他們挖了幾個洞？」

「三個。正在開第四個，才開始。」

「什麼人在幕後，知道嗎？」

「不知道，本州南方來的一批騙子。他們出售的股票也都在那裡。」

「鎮裡的人對這件事有什麼想法？」

「分成兩派。有的哇哇叫，發牢騷。有的贊成擁護。一旦只要有人又說要再挖掘這一帶的土地，市商會就狗踮屁股高興得要命，以為以往的光耀日子又將來了——只是他們不要自己來挖掘。」

「為什麼？」

「這顯得他們熱心過度了。一看到又有人來這裡挖金子了，我就知道金子是放下去的。他們把金子撒下去，淘出來，籌錢再開第二口井。要不要再來點酒？」

我說：「不了。這傢伙頂夠勁的。」

「那是真話，我自己親手釀出來的，我知道。」

「你說你的，我還要開車回去的。」

「我自己一個人也不太喝，但是有朋友聊天時不同，你是個好人——作家，是嗎？」

「嗯哼。」

「寫些什麼？」

「不同題目的文章。」

「對開礦什麼也不知道，是嗎？」

「什麼也不知道。」

「怎麼突然發神經要寫這個題目？」

「我認為會是個很好的題目——登上有關的雜誌，不是開礦性，但是是農業性的。」

他看我半晌也不說話，慢慢地他又把菸斗裝滿菸草，全身輕鬆地抽著他的菸斗。

過一陣之後，我告訴他，我要走了，我說也許有一天我會回來再問他一些問題。我告訴他，我每一次來都會付他五塊錢，占他一個黃昏時間。他說非常公平，我們互相握手。「但是，」他說：「任何時間，你想來『拜訪』，用不到花五塊錢的，來就是來了。我喜歡你。不是每一個來訪的人我都請他坐的。從來也沒有太多人嘗過這好東西。」他把手拍拍自己後褲袋裡的酒瓶。

「這我知道。」我說：「要再見了。」

「再見。」

我開車回到汽車旅館。一輛大而光亮的兩人跑車，停在我租的屋子前面。我把鑰匙拿出來，打開屋子門。我聽到相鄰房子裡有聲音傳出，我很快把我房門關上。我聽到碎石鋪的步道上有腳步聲，腳步聲走上我門廊，門上響起敲門聲。

要來的終於來了。我至少該沉著應付。

我把門打開。

門外站的是薄雅泰。「哈囉。」她說。

我把門為她打開。「這裡，」我說：「不是你該來的呀。」

「為什麼不該？」

「很多理由。例如，不少偵探正在找我。」

「這點老爸告訴過我了。」

「還有，假如他們發現我們兩個在一起，報紙上可有得寫了。」

「你是說兩個在一間房裡？」

「是的。」

「真夠刺激。」她說。過了一下，她又說：「你不介意，我不在乎。」

「我介意。」

「介意什麼，你的名譽？」

「不是，你的名譽。」

她說。「父親也會來的，午夜前會到。」

「他怎麼來？」

「飛機。」

「你怎麼知道我在這個汽車旅館？」

「我一家一家找會找不到？這裡也只有四家，第二家就找到了。」

「你父親來這裡幹什麼？」

「事情越來越有趣了。」

「有什麼新發展？」

「韋來東律師打電話給我，邀我明天下午兩點鐘到他辦公室去。」

「不要去。」

「為什麼不？」

「我認為失蹤的信件在他那裡，他正在準備加重壓力。」

「你認為所有信都在他那裡？」

「是的。」

「你根本不相信檢方偵探出賣地方檢察官這一套說詞？」

我搖搖頭說：「先把自己放輕鬆，你已經在這裡了。先享受一下這裡的一切。」

「唐諾，你喝酒了？」

「怎麼樣？」

「慶祝什麼？」

「我和一個造私酒的一同吃了頓晚飯。」

「造私酒的？我以為世界上已經沒有這一行的人了。」

「這種人是一直到處都有的。以後也不會消失的。」

「那個人是好人嗎？」

「嗯哼。」

「酒好不好？」

「相當不錯。」

「有沒有帶一點回來？」

「都帶在肚子裡。」

「聞起來你喝了不少。」她走近嗅了兩下。「還有大蒜味。」

「熏到你了？」

「還好。可惜沒有早點來，可以一起去。和造私酒的一起吃有大蒜的晚飯，多過癮！大蒜是加在什麼菜裡的？」

「豆子。」

她走向一張會發響的椅子，坐下來。「唐諾，你有香菸嗎？我一聽到你開車回這裡，就興奮得不得了，連皮包都沒有帶，就立即過來了。」

「皮包在哪裡？」

「在隔壁那房子裡。」

我給她一支紙菸，「裡面有現鈔嗎？」

「有。」

「多少？」

「六百，七百元。我不知道正確數字。」

「最好去拿過來。」我說。

「喔，沒關係的。告訴我，唐諾，你為什麼要來這裡。」

「我想要弄一點可以對付韋來東的東西。」

「為什麼？」

「他要對你施加壓力，我就對他施加壓力。」

「有可能辦到嗎？」

「我不知道，他是非常精明的。」

「這裡是洛白公司有地的地方是嗎？」

「這件事你知道了多少？」

「只有洛白告訴我的一點點。」

我看向她說：「我要問你一個可能你不肯回答我的問題。」

「那就別問，唐諾。我們處得不錯，我不希望你問我問題。」

「為什麼？」

「我也不知道，我喜歡獨立過我自己的生活。有人問我太多問題使我感到沒有隱私權。對我喜歡的人，我會回答他問題，但是事後會後悔。我老是如此的。」

「不管怎麼樣，問，我還是要問的。」

「是什麼呢？」

「你有沒有給你的洛白哥哥鈔票？」

她把眉頭蹙起：「這恐怕是爸爸想知道的吧？」

「是我想知道的。」

「有，」她說。

「多不多？」

「不多。」

「放進他公司的錢？」

「不是，不是，爸爸一度不給他支援後，我給他一點，只是讓他過得去，又可以自己有個開始。」

「多少？」

「我一定要回答這問題嗎？」

「是的。」

「我不願意。」

「我希望你會回答。」

「你強迫我，我會回答，事後我會不高興的。」

「多少？」

「大概一千五百元。」

「多久一段時間之內呢？」

「兩個月。」

「什麼時候停止給他的？」

「他開始工作後。」

「自此後沒有再給他？」

「沒有。」

「你停止供給他後，他要更多的了，是嗎？」

「是的，我恨他這個樣子。知道嗎？唐諾。我對他並沒有什麼關心。我覺得他惹人厭得很。但是怎麼說他也是家庭裡的一分子。不應付他我就得出去自己一個人生活。」

「為什麼不離開家，自己去過生活呢？」

「因為爸爸弄得一團糟。」

「你是指他的第二度婚姻？」

「是的。」

「他是怎樣捲入這個漩渦的？」

「我還真希望能知道呢。唐諾，這真不是一個話題。」

「既然已經談起了，你就說下去吧。」

「反正這我也有錯。」

「怎麼會？」

「我去南海，又去墨西哥，又去乘遊艇出遊。」

「怎麼樣？」

「留下爸爸一個人。他的個性也怪，他又硬又臭，但是內心非常優柔寡斷。他對媽媽非常好。我們三個人生活得完全旁若無人。他的家庭生活非常圓滿，這對他十分重要。媽媽死後——媽媽有她自己的獨立財產你是知道的——她財產分給我和我爸爸。那時我——我看我告訴你好了——那時我因為一件失利的愛情，傷心得難過。現在我不再在乎了，那時我以為再也不會渡過這種感情的傷害了。爸爸叫我出去走走，我裝了個箱子就走了。我回來時，他又結婚了。」

「怎麼發生的？」我問。

「其他的人是怎麼發生的。」她痛苦地說：「你看看她！我不喜歡說她，但是我也不必，你自己親自見過她。兩種完全搞不到一起去的人，你倒說說看，只有一種可能。」

我看向她。我說：「你是說勒索。你是在說——」

「當然不是。」她說：「你自己研究一下，這個女人是個成功的女演員。你有沒有自己想過，為什麼，那麼許多個性堅強的能幹女人，老是到老處女年齡還沒有結婚，而嘮叨，吹毛求疵，整天批評別人的女人，卻能得到一個好丈夫？」

「你想告訴我女人的擒夫秘訣？」我問。

「是的，假如你不點不亮的話。」她半笑地說：「唐諾，你也是該知道這一類事的年齡了。」

「好吧，告訴我吧。」

「有個性的人，是任何時間都不一樣的。」她說：「他們不會因為一己之利，而像偽君子一樣改變面貌，耍小小的噱頭技巧。這一派的女人只會把自己表現在人前，我就是這個樣子的。喜歡我就來娶我。

「另外一派，她們並沒有一定的個性，但不同意別人的惡意，她們懂得把自己缺點掩飾。爸爸現在的太太知道爸爸當時寂寞，要有一個家，知道他女兒出去旅行，可能會結了婚回來。她請他到家裡去吃飯。

「洛白也表現良好。表現出男人與男人的相對友愛。她當然絕不是現在你見到她的樣子。父親對她有高血壓的事，在婚前是沒有聽到過的。那時，她只是一個不喜外出、愛護家庭的好女子，她願意犧牲自己，為別人建立一個家庭，在爸爸很累時會替他按摩，無聊時會陪他下棋——喔，她對下棋愛好得不得了。」雅泰眼睛發亮：「結了婚之後，她可一次也沒有和爸下過棋。」她升高她的音調，以便學習她的繼母。「喔，我真好——想和你下盤棋。我常想——以前和你下棋好——好玩。不過是我的高——血壓。我現在不行了，你知道醫——生叫我不可以受刺激。醫生要我平靜，放鬆，不可以緊——張。」

突然，她停下，說道：「你看，是你引發了我的。我想你是故意等這個機會，趁我在生氣的時候，好讓我告訴你我平時不會說的事。」

「相反的，」我說：「我對這一類事，一點興趣也沒有。我有興趣的是最後你和你的兄弟達成了什麼協議了。」

「感激非凡。」她大笑地道：「我挖出心來把什麼都告訴你，現在你說沒有什麼興趣。」

我向她露露牙齒，我問：「吃過東西了嗎？」

「還沒有，而且我餓極了。我一直在等你，以為你隨時會回來。」

「我想，這種地方八點半之後是不會有店開著門的。不過，高速公路上應該找得到二十四小時有東西吃的地方。」

「你要知道，唐諾。」

「什麼？」

「你嘴裡噴出來的大蒜味道……」

「有開胃作用？」我問。

她大笑道：「你人很不錯，唐諾，但是你那輛車子，真是不敢領教。拿去，這是我車子的鑰匙，我們一起出去歷險吧。」

「你爸爸什麼時候到？」

「午夜之前到不了。你倒真有辦法，把他弄得服服貼貼的。」她打開車門，自己先跳進去。

我把打火鑰匙放進匙孔，把引擎打著。引擎轉動時既不咳嗽，也不打嗝喘氣，聲音輕得有如縫紉機，但是力量大得如火箭。我把排檔放在低檔，輕輕加油，差點把我的頭搖掉。雅泰大笑道：「和你那老爺貨不同吧，唐諾？這玩意兒除了陷在泥潭裡，否則我們用二檔起步。」

「我現在懂了。」我說。

我們找到了一家西班牙餐廳。她把菜單所有的菜色都吃了。我們離開餐廳後，她建議道：「我們在月光下開一會車吧。」

我估計沿了河會有一條走出山谷的道路。最後終於找到了它。沿河而上，在山谷一千呎以上時水泥路到了盡頭，我們在泥地上開，一直到了一個突出的地方，在那裡我們可以俯視整個河谷鎮。自上面看下去，挖過的溝渠不怎麼深，也不反光。月光是柔和的，整個鎮是夜景的一部份，就像星星，黑暗和在鳴叫的夜蟲一樣。

我把引擎和車燈關上。她靠向我。一隻白尾巴野兔在月光下跳著竄過汽車的正前方。一隻貓頭鷹猝然飛下攫捕一隻不知是什麼的獵物。在山谷中牠的影子只是一個斑點。遠的山脊在月光下只是一條不明顯的線條，河谷鎮已經平靜地入睡了。我感到她身上傳來的熱量，清楚聽到她平靜的呼吸聲。我向下看過她一次，以為她睡著了，但是她眼睛張得很大，對前面的景色視若無睹。

她伸過手來握住我手。她把修剪整齊的指甲在我手背上摩擦著。一度她歎了口大氣，突然她轉向我，問道：「唐諾，喜歡這裡嗎？」

我用嘴唇磨一下她的前額，作為回答。

我以為她會把嘴唇抬高一些，讓我可以吻她的，但是她只是擠得我更近一點，靜坐在那裡沒有動。

過了一下，我說：「我們早點走吧，在你爸爸回來前，我們最好能在旅館裡。」

「我也如此想。」

兩個人一聲不響沿了山間的路蜿蜒而下。然後她說：「唐諾，為了這件事，我可能一輩子會喜歡你。」

「什麼事？」

「每一件事。」

我大笑道：「算了，都是我該做的。」

「不是，」她說：「還有為了一些你沒有做的事。唐諾，你是個好人。」

「有什麼事你沒告訴我嗎？」

「不是的。我只是告訴你，換了別人，不會像你那樣的。別的男人想要的太多，我要隨時準備拒絕，我對你可以放輕鬆，你在我邊上，我可以只當你是宇宙的一部分，其實你才真正是我的一部分。」

「你的意思是，我沒有進取心？」

「唐諾，別那樣說！你知道我的意思。」

「我也懂。不過女孩子說哪一個男人在身邊絕對安全時，不見得是一個很好的恭維呀。」

她大笑道：「假如你會知道，我真正心中感到和你在一起，我有多不安全，你會大吃一驚。我意思是說，在那一段時間，環境多美，我——喔！我又何必給你解釋——反正，唐諾，你能用一隻手駕車嗎？」

「能。」

她把我右手自方向盤上拿下，繞過她頭放在她肩頭上，自己蜷曲向著我。我慢慢地把車開過小鎮的無人街道，小鎮現在看起來像個鬼城，是活在記憶裡的地方，很多房子都是欠修，需要油漆的。樹蔭在月光下有點詭異，房子更像是虛幻的。

薄好利在汽車旅館等候我們回來。他包了一架飛機，又租了一輛連駕駛的車子送他過來。

「爸爸，你提前來臨了，是嗎？」雅泰問。

他點點頭，又左右左右的看著我們兩個人。他和我握手，吻了雅泰，又轉過來看我。他什麼也沒說。

「爸，別那麼認真好嗎？」雅泰說：「我希望你那手提袋裡有威士忌，因為這時候鎮裡的店早已全部打烊了。我看到小廚房裡有糖和平底鍋，我給你們做一點加糖的威士忌飲料好了。」

我們一起來到雅泰為她自己及父親租下的雙人房。我們在客廳坐下，雅泰做了些熱的威士忌飲料，把它倒在杯子裡，分給我們飲用。

「在這裡找到什麼消息？」薄好利問我。

「不多。」我說：「但是也已經足夠了。」

「怎麼回事？」

「他們是在探勘。他們探勘挖過的地，用的是鑽頭。因為鑽地只需要很小的土地，而且把金子放下去再鑽出來，花費不需太多。又可以把同一批金子用了一次又一次。」

「多少？」

「我不知道，很少的錢就可以了。應該如此。」

「最後會變怎麼樣？」

「公司幕後老闆會把公司的錢都拿走溜掉。這裡也絕不敢弄挖土機來挖一下，因為一挖就會顯得金的成份相差太多，矛盾得無法解釋了，於是大家會知道金子是加進去的。」

他把一支雪茄尾巴咬掉，靜靜地抽了一下雪茄。我見他曾經兩次自酒杯上緣看向女兒雅泰。

「怎麼樣？」我說。

「什麼東西怎麼樣？」他問。

「下一個行動，完全由你決定。」我說。

「你認為呢？」

「完全在你決定如何處理。」

「我把一切交在你手裡，知道你能幹，對你能『保護』我們，我感到滿意。」

我說：「你別忘了，明天這時候，我可能被逮在哪一個地方監獄裡，被別人當謀殺犯處理。」

雅泰情不自禁短短地倒吸了一口冷氣。

她父親轉過眼光看了她一下，又轉回看我道：「你有什麼建議？」

「你要使洛白不牽進去的意願有多強？」

「非常重要，我自己正在使三個共同事業有一個大的進展。這時候，發生在我身上這一類事件，會有重大的影響——倒不是經濟上的——但是，這些傢伙會用異樣目光看我，人們也許會指指點點。我去自己俱樂部別人也會回頭看我。我走進房間時別人的談話會立即停止，而我還要假裝不知道他們在談什麼。」

我說：「處理這件事，只有一個辦法。」

「什麼方法？」

我關切地說：「我們也許可以一石二鳥。」

「什麼是另外一隻鳥？」

我說：「喔，只是偶發的一件事而已。」

雅泰把她自己的杯子和盤子推向一側，自己靠在桌子上說：「爸爸，你看著我。」

他看向她。

「你在擔心，因為你以為我愛上了唐諾了，是嗎？」

他光明正大地看著她眼睛說：「是的。」

「我實在還沒有。我也不會去想愛上他。他在幫我忙，他是個紳士。」

「我懂了。」薄好利尖酸地說：「你接受他，讓你自己信任他，但是你不接受我。」

「我知道我沒有全部依靠你，爸爸。我應該信任你的，我現在告訴你。」

「不要選這個時候，」他說：「以後好了。唐諾，你有什麼辦法？」

我熱情地說：「我絕不管你薄家有多少錢，我提供的是合理的服務——」

他伸手按向我的肩頭。他的手指用力地抓我。「我不是埋怨你，我是在擔心雅泰。通常都是男人圍著她團團轉。她看他們的好戲。有時她對付他們的態度，連我都覺得過意不去。那是指以我男性立場，看這些男人被耍來耍去——」突然，他臉轉向雅泰，他說：「現在你可以不必擔憂了，雅泰。在我出發來這裡之前，我告訴薄太太佳樂，她可以去找她的律師，和我的律師研究一個分產協定，我要她去雷諾，安排一個不吵吵鬧鬧的離婚，我要她把兒子也帶走。現在，唐諾，你把你的辦法說說看。」

我說：「這件事背後的主腦，是一位叫韋來東的律師。我相信我能先下手為強，對他施加壓力。我可以辦到一半，另外一半不好辦，因為股票已經賣出去太多了。」

「多少？」

「不清楚。相當數目就是了。會有不少人呱呱叫。」

「同業公會會怎麼說？」

「韋來東發現了一個投資條例上的漏洞。或是至少他認為這是一個漏洞。」

「我們能逮住他尾巴嗎？」

「憑這件事不行，他太滑了。穩穩坐在那裡坐收百分之十的不當收益。所有公司的職員，將來都要頂罪。」

「我們該怎麼辦？」

「唯一可行的方法是，」我說：「找到股票持有人，讓他們把股票賣掉。」

他說：「唐諾，這倒是我第一次見到你做出像驢一樣笨的建議。」

雅泰趕緊替我辯護道：「爸爸，他的建議，在我看來倒是切實易行的。你沒有看出來嗎？這是唯一的一個辦法呀。」

「亂講，」他說，在椅子裡把背彎起，頭垂下猛咬雪茄道：「買這種公司股票的人本來是等於賭錢。根本不是投資。他們夢想的是百倍，五百倍，甚而五千倍利潤的。用他們所付的錢，想把它買下來，他們門牙都會笑掉，笑你愚蠢的。付他們十倍想把它們買下，他們會以為他們中了頭彩了，你有內幕新聞，於是一百倍也休想買到了。」

「我認為你沒有明白我的意思。」

「怎麼啦？」他問。

「只有一個人能把它買回去，那就是韋來東。」

「他怎麼可能會要買回去？」

「他可能突然發現，所有賣出的股票都有非法轉讓之嫌，於是他請推銷員到所有持有人那裡，告訴他們這個淘金計畫無法成功，公會要他們用錢把所有賣出的股票收回來。」

「要你辦到這步，要花多少錢？」他冷淡地問：「看樣子要花五十萬才行。」

「我認為我們花五百元就能辦到了。」

他說：「我看你瘋了。」

「這件事花五百元，划得來嗎？」

「五萬元我也幹。」

我說：「雅泰的車就在外面，我倆出去跑一趟。」

「我能一起去嗎？」雅泰問。

「我看不行。我們去拜訪一位已經退休的單身客。」

「我喜歡單身男人。」

「那就一起去吧。」我說。

我們三個人一起坐在前座。由我開車一路顛躓地走向挖掘過的土地邊緣，直到燈光照到荀彼德獨居的房子外面。

「你們坐一下，」我說：「我先進去，看一下他的樣子能不能接見女客。」

我自車座上滑下，走向房子。黑暗中爆出一聲大喝：「手舉起來！兩手舉起來，舉高些！」我走向車前，一面把雙手高高舉在空中。車頭燈照出了我的身形，荀彼德野性地說：「就知道你是隻走狗——好吧，你就來自己找好了，狗條子，假正經。一個作家！嗯？早先那輛車倒真像是個作家的。要是你沒有搜索狀，你給我快快滾！要是你有搜索狀，你就自己來搜好了。」

我說：「彼德，你又把我看錯了。我來是想再要一些資料，只是這一次我願意付更多的錢。」

回答我的是聽不得的粗話，直接侵犯我的父母祖先。

突然，車門又打開，雅泰出來，直接走向黑暗去，她說：「老實告訴你，沒關係的，是唐諾帶了我和我爸爸來這裡，和你談一件生意。」

「你是什麼人？」

「我叫雅泰。」

「到亮光裡來，我要看清楚一點。」

她移到我身旁，站在車頭燈燈光裡。

薄好利用愉快的聲詞說：「下一位就輪到我了。」他離開車子輕鬆地站到我們身邊來。

「你他媽又是誰？」苟彼德說。

我說：「你渾蛋，他是聖誕老人。」我把雙手放下來。

第十章　加了料的礦坑

苟彼德在聽到有車過來時，穿上了長褲，也把腳套進了靴子。他對自黑暗中走出來見人十分不習慣，我一再保證沒關係，他才出面，而且對用槍來招呼這件事自己也感到很窘。倒是雅泰坦然自若，使我們節省了不少時間。

彼德說他要先進去把床鋪好，再讓我們進去。雅泰說：「這又何必呢？」於是我們都魚貫而入。窗開著，火爐裡已經沒有火。我找到一捆小樹枝和乾樹皮，就在彼德一面抱歉，一面穿上襯衣和外套時，把火生了起來。看起來苟彼德還很感激我。

這幢小屋有一點很奇怪。火爐的熱力使屋內溫度升高很快。火爐裡的火也像知道我們的需要，光亮耀眼得很。彼德走過來坐下，薄好利遞給他一支香味濃醇，兩頭尖尖的中號雪茄，他看了半天道：「不行，那是有錢人的草料。我是個窮人。菸斗才是我的朋友。我從來不會背叛朋友的，知道嗎？」

雅泰和我都只用紙菸。我們大家抽菸，桌子上面垂了濃濃一陣藍煙。自溫度計上看起來房間裡氣溫不像已經有那麼熱，但是房間裡十分溫暖，又十分舒適。彼德說：

「好吧，各位，有什麼指教的？」

「彼德，我給你一個機會，你可以賺五百元。」

「搞什麼把戲？」

「要你去替一塊土裡加一點顏色。」

「為什麼？」

「我能信任你嗎？」

「我怎麼知道？」他把牙齒露出來笑道：「我絕不背叛我的朋友。但是絕不放鬆我的敵人。你要付錢，你自己選擇。」

我自桌面上湊近他。「當我對你說我是一個作家，在找這一帶的題材，是騙你的。」

彼德把頭甩到椅子後面，大聲地道。「這是我最近四十年來聽到最大的笑話，」

「什麼？」薄好利道。

「這位年輕人以為我不知道作家這件事，他是在說謊。他偷偷摸摸來這裡問東問西。我以為他是什麼律師，為了挖掘公司的事來的。他本來就是為此而來的——作家，嗯？哈哈哈！」

我歉意地笑道：「好了，這一點我向你澄清了。彼德，我被這挖掘股票套牢了。」

「你自己？」

「嗯哼。我被說動了，買了不少他的股票。」我說。

彼德的臉變黑了。「可惡的騙子。」他說：「我們得到下面去，把那鑽孔機炸掉，把那些騙子捉起來，塗上柏油，貼滿白羽毛，拋在河裡冷他們一冷。」

「不必，」我說：「還有更好的辦法。」

「什麼辦法？」

「你看他們會不會知道，自己放下去的金子有多少？」

「當然，當然他們知道的。這樣大一個計畫，大家都知道整個地下層要平均檢查。假如只有一個洞，投資人會有疑問的。河流把黃金帶下來是成帶狀的，河床不斷改變位置，才成了平面狀散開。要知道，這條河把金子帶下來已經幾百萬年了。」

「好了，主要的，我就要知道這一點，他們自己放下多少料，自己是知道的。他們也會不斷計算，收回來了多少，是嗎？」

「當然。」

「彼德，」我說：「你無意中說過，要是叫你來加料，你可以加得更漂亮，是嗎？」

彼德看看我們，他說：「你說過我可以賺五百元的，是嗎？」

薄好利，他對人性的判斷相當有經驗，我看他已經自眼鏡的上緣對彼德看了又看，他一言不發，自上裝內口袋拿出一個皮夾子，數出五張百元大鈔。「我替唐諾回答『是的』。」他說。一面把鈔票自桌面上推向被德。

彼德把鈔票拿起來，看向他，把鈔票在手指間打轉，把鈔票落下，任其鋪置在桌子中央。

「你不要？」薄好利問。

「沒說清楚前，暫時不要。」彼德說。

「我不是說過了。」

「也要等我說清楚呀。」

「那麼你說吧。」我告訴他。

彼德說：「我是知道有好幾種方法，可以在挖掘機裡加進金子去，看起來是從地底下挖出來的一個樣，而且絕對沒有人會知道金子是怎麼過去的。」

「說幾個看看。」

「談到這件事，」彼德道：「我先有兩個故事——事情要回到這裡大事挖掘時期，有個大公司想到這裡來買地挖掘。有一個人有一大片地要出售。公司認為他的地不好，他供地給他們試鑽。」

「一試鑽，他們就知道找到了一個富礦了。不必計算都知道會賺錢。他們一再試了好幾個洞，每個洞都一樣的好。地下的蘊藏非常平均。他們買下了那塊地。但是就在他們開始要挖掘之前，有人出了一個主意，說是要再先多鑽幾個孔——突然發現地下連拿顯微鏡來看，也看不到金沙。」

「怎麼回事？」我問：「當初是有人加了料下去的？」

「那是當然的事。」

「但是那公司也該自己看住的呀。」

「當然他們也曾仔細看住過。但是那傢伙就當了他們的面在變戲法，他們竟一點也不知道——我來告訴你怎麼著——你見過人們怎麼用淘金盤淘金的？」

我搖搖頭。

彼德拿起一個典型一側傾斜，捲邊的淘金盤，他提起腳跟蹲踞在地上，把淘金盤在兩膝之間用手平衡著。「這就是一個人用淘金盤淘金的姿態，懂嗎？」他把盤子用腕力前後的擺動。「你把盤子全浸泡在水中，目的是所有的金子全在水面以下，沉到盤子的底部。」

我點點頭。

「好了，」彼德說：「一個人淘金的時候就這個姿態，他一面叼支菸在抽，懂嗎？你當然有權可以抽菸。有人可以拿包菸草出來，自己捲自己的紙菸。再不然有人喜歡特定的紙菸牌子，買一包放口袋裡——至於我，我自己捲，我只要一用好牌子香菸，別人就會奇怪了。」

「你說下去。」我說。

「好了。」彼德說：「這就全說明了。」

「我不懂，」薄好利說。

「你還不懂？那香菸裡有四分之一是金沙。我可以要放多少，就放多少金砂在香菸裡，由我來估計大概我想淘出多少金沙來。我抽菸的時候，我的菸灰掉落在淘金盤裡。別人怎麼會想到呢？」

薄好利低低地吹了一個口哨。

「還有另一個辦法。」彼德說：「你爬上一個鑽孔的機器，你用海員用的穿索針把拉鑽頭的粗麻繩分開，把沙金灌進去。整條繩索都要灌。第二天，鑽頭撞上硬土，把繩索弄鬆，金沙下落，落在洞的深處。」

我說：「懂了，彼德，我們現在的目的，是要使他們的洞裡，出來的金子，要比他們自己放進去的多得多，使他們有一個結論，他們碰到了真的豐富金礦了。不過，一定要使這種效果在他們鑽頭達到原本鑽過的地區以下之後，才出現。」

「嘿！」彼德說：「他們根本不知道原來鑽到過有多深。那一幫人對這些事什麼也不知道。他們只是做做樣子。我仔細看過他們，他們笨拙得很，我幾乎想跑去對鑽孔的人說：老兄，本來我不願意去管別人的閒事，但是假如你對加料在裡面都不知道怎麼做的話，你給我閃開到一邊，我做給你看，應當怎樣做法，樣子才像。」

薄好利笑了。雅泰大聲笑出聲來，我把那五百元自桌面上移向苟彼德。

「這是你的了。」我說。

彼德把鈔票拿起來，折起來，放進褲袋。

「你什麼時候能開始？」薄好利說。

「你們希望要快？」

「是的。」

「這裡我有一些『沙』在。」彼德說。把頭斜向一座櫃子。「都是我在以前中過特獎的公司廢墟裡收集到的。已經足夠派上用場了。」

「你總不能一開始工作時，出金就多了吧？那會引起疑問的。」我提醒他。

「老兄，這是我的事。我今天晚上就去跑一次，在月光下，我會用支穿索針把整根拉鑽頭的繩子都給灌上金沙。明天開始，就有成績可見到了。這一招就可以足夠了。」

「一直讓他有成績，不要停，我說停才停。」

「你用什麼方法通知我？」

「我寄你一張風景明信片，說是賴弟寄給你的，希望你也在這裡和我們一起玩，這就表示一切已完成，不再需要加料了。」

「好吧，就如此決定，」他說：「半個小時之後我就開始工作。」

我們彼此大家握手，我們三個上車回汽車旅館時，薄好利說：「唐諾，你這招真絕。」

第十一章　謀殺嫌犯

我把車開上主要的公路時，沒有人講太多的話，轉進汽車旅館時我把車燈和引擎熄了。我走出汽車，跑到汽車另一側要想去開車門，我看到本來沒有見到的一輛車，牌照上有個菱形記號，裡面有一個「E」字。

我沒有向另外兩位說任何的話，就直接走向自己的房子。

二個男人自暗處出來。其中一人道：「你姓賴？」

我說：「是的。」

「賴唐諾。」

「是的。」

「進來，我們要和你談談。我們收到電報，要找到你。」

我希望薄好利和雅泰夠機警，懂得不要介入。他們兩個走出汽車，站在房門旁，月光下雅泰的臉色雪白。

「這些人是誰？」警官問道，用頭向他們兩人站的方向表示一下。

「他們看見我在路上，問我要不要順便搭便車。」

他們兩個人有一個穿制服，我想是公路警察，另一個便衣可能是當地的警官。

「你們兩位想要什麼？」我問。

「你好像離開得很突然？」

「我在工作。」

「什麼工作？」

「我不願正式說出來。」

「你認識不認識一個叫金見田的？」

「我在報上看到他的謀殺案了。」

「你知道有什麼沒報告嗎？」

「沒有，當然沒有。怎麼啦？」

「兇殺案發生當晚，你有沒有在旅社裡？你有沒有和一位金髮女郎在香菸攤旁邊聊天？之後又和一個旅社職員聊天，希望他們告訴你金見田的事？」

「老天，怎麼會！」我說，一面退後一步，向他們直視，一副他們是瘋了的味道。我說：「等一下，你們兩位到底是什麼人？警察嗎？」

「當然我們是警察。」

「有什麼逮捕狀或是搜索令嗎？」

「喔，老兄，不要來這一套，你懂嗎？也不要自以為聰明。目前我們問問題，你回答。知道嗎？」

「你們要知道什麼？」

「地方檢察官說，你可能對那姓金的很有興趣。」

「你們以為如何？」

「老兄，是這樣的。金見田是替沒收農場投資公司做事的，你懂嗎？這公司目前在這一帶山谷裡，有很多的土地。而這個沒收農場投資公司——老天，那公司名稱夠繞嘴的，反正那公司的總經理姓丁。你住到他家裡，替他家做事，你聽姓丁的命令的。」

我說：「你是個笨蛋。我的確拜會過薄家。姓丁的丁洛白，是薄好利的繼子。」

「你沒有替他工作？」

「一千一萬個沒有。」我說：「我在幫薄好利減肥。我在教他柔道。」

「那是你在說。姓丁的對這兒有興趣。金見田是替姓丁的做事的，有人進旅社把姓金的幹掉了。那個人，據所有見過的人形容，和你很相像……」

我向前走一步，站在他面前，看住他，我說：「這就是你來的目的？」

「是的。」

「好吧，等我回去，我會找到警察，告訴他們，他們多荒唐。另外還有兩個人，他們也見過那傢伙進入那旅社是嗎？——事實上，我曾經在報上看到過，有這件事的。」

「沒錯，老兄。」

「好吧，我兩天之後就回來，我們到時可以再澄清一下。」

「這樣說來，你不是那個去旅社的人囉？」

「我真的不是。」

「你自己也希望能早點澄清是嗎？」

「倒也不見得。太荒謬了，我都懶得去管了。」

「但是假如你正是那個人，我們放你走，你可能一去不回了。」

「但是，你不會因為我正好認識這個公司的總經理，而要把我帶進去吧？」

「不會的。但是地檢處現在有一張你的照片，賴。他們把照片給旅社職員看，旅社職員說是你。這怎麼說？」

薄好利和他的女兒已經瞭解我給他們暗示的意思。他們因而沒有進入所租的房間，反而回到車子，把車子調頭，薄好利把車窗打開，把頭伸出道：「朋友，還有什麼事我可以幫忙的嗎？你惹了什麼麻煩了嗎？」

「沒什麼，」我說：「只是一些私人事件。再見了。謝謝你們送我回來。」

「沒關係，也有一半是順路的。」薄好利把排檔吃進，慢慢地把車滑出汽車旅社。

「怎麼說？」一直在發問的警官問道。

我說：「還有什麼辦法，只有一個辦法了，我跟你們回旅社去，去和那職員對質，我要他低下頭認錯。這小子根本是個白癡。」

「這才像是有理智的想法。你是知道我們決定帶你回去的，但是帶你回去，會引起很多騷動和大眾的注目，這對大家都沒太多好處。萬一要是弄錯了，更以不提起為宜——這個你知道，朋友。從照片認人，本來是容易弄錯的。我們把你帶回去，報紙上會大大的宣傳那職員確定認為你就是那個人，但是一當面對質，他一看你，又說不能確定了。又過一下，那真的去過的人出現了。那傢伙看起來有一點像你，但也不是十分像，於是職員說：『是了，這一次真是了，一點也錯不了了。』但是你知道，詭計多端的律師又會有話說了。他會把那職員貶得一毛不值，因為他以前曾經先認錯過人。」

「沒錯。」我說：「不過，那混蛋職員這次認錯人，確是給了我很多的不便。但是你也不能怪將來要替被告辯護的律師，他們幹的本來是這一行。」

警官向我仔細看一下，他說：「朋友，你不會騙我吧？」

「你想怎麼辦？」

「我們開車帶你沿這條路下去一百哩。那裡有個飛機場，有個特勤警官在那裡，是他打電話要我們找到你的。他在那裡有架飛機等著。假如是誤解，他會立即帶你回來的。你租個車自機場回來這裡，也不會有困難。」

「除了租車費和一天時間外，我也沒有其他損失，是嗎？」我揶揄地說。

他們什麼也不說。

我想了一下。「我絕不為任何人在這種時間去乘飛機。我願意和你們一路開車下去。我可以和特勤警員一起去找個旅社住。在明天早上之前，我是不會願意上路回去的。我手頭上有事，我不能擱下不處理——」

「蠻有個性的，是吧，朋友？」

我對他直視著，我說：「你說得對。假如你要我自願跟你回去，只有這一個辦法。假如你願意冒這個險，弄到大家知道那職員終於弄錯了，那麼隨你怎麼把我弄回去好了，出洋相，我不管。」

那警官道：「好吧，進車來，我們帶你去。」

自地檢處來的特勤警察在近機場的旅社大廳見我。心情相當的不穩定。我的態度使他更不穩定了。但他仍是精明的，對於我說要在一個旅社過夜，不願意連夜乘飛機的意見，非常不滿意。他不斷地和我爭辯。我簡單告訴他，我只是怕在夜晚乘飛機而已。

警官給我弄糊塗了，他說：「賴，你聽我說，假如你還想趕回來工作，這幾乎是唯一的方法了。我這裡包有一架飛機，不飛也要付錢的。有必要時，我甚至可以宣佈你是被我逮捕了，然後把你放上飛機，立即回去。」

「你是可以，但是你先要宣佈我犯什麼罪，你才能逮捕我。」

「我暫時不想控你犯罪。」

「那你只能等到明天。」

過了一下，他對帶我過來的警官說：「你看住他，我去用電話聯絡一下。」

他走向一個公用電話，打長途電話，足足花了他二十分鐘。公路巡警不斷叫我放棄己見，以便能使事情早日解決。

特勤警員自電話回來。他說：「好了，朋友。是你自找的。我們馬上回去。」

「要控我罪了？」

「我要用嫌犯名義逮捕你。」

「有逮捕狀嗎？」

「沒有。」

「我要求見一個律師。」

「對你沒什麼好處的。」

「去你的沒好處。法律說我有權打電話找律師。」

「我們在這裡沒有時間等電話，等律師來。飛機已經準備起飛。」

「叫律師是法定權利。」我說，一面走向電話亭。

他們很快一下拉住我，我的頭部向後倒了一下。其中一人抓住我肩頭。另一人馬上抓住我另一肩頭。一小群人集起來看這是怎麼回事。坐我們附近的人紛紛起立讓開。自地檢處來的特勤警員說：「好了，我們走吧。」

他們逮住我，當我是罪犯，強行塞進汽車，警車又用警笛開道，沒有耽誤地來到機場。一架小型飛機在機坪上，引擎早已暖著，他們把我推進飛機。自地檢處來的人說：「由於你一定要吃罰酒，所以我要預防你在飛機上想出些什麼怪主意。」他自口袋中拿出一副手銬，把我的手銬在我座位另外一面的把手上。

駕駛員說：「請各位繫上你們的安全帶。」

警方的人替我繫上安全帶。他說：「你早點自願的話，問題會簡單得多。」

我沒有吭氣。

「我們回到洛杉磯後，你不會不願意和我們一起去那旅社，讓那職員看看你，是嗎？」

我說：「朋友，是你們堅持一定要用這種方法辦事。我告訴過你們，明天一早我就和你們回去，之後你們想帶我去哪裡，我都不在乎，讓多少人看我，我都不在乎。你們不肯聽我的——我就什麼地方也不去。你們把我帶回去好了，你們把我放進監獄去好了，我會把這一切告訴新聞記者。你想要叫別人來指認我，我堅持你們要把我放在排起來的一排人當中，由那人來指認。本來法律有規定的，指認嫌犯也只有這一種方法。」

「喔，是這樣的嗎？」

「是這樣的。」

「現在我可以真正確定，的確是你去過那旅社。」

「你在吹毛求疵想要找碴。」我說：「報紙都會寫成你們要把我算為謀殺嫌犯，旅社職員憑照片指認我去過旅社——」

「這叫暫時指認。」警官糾正我道。

「你愛怎樣稱呼，你就稱呼好了。」我說：「有朝一日真正兇手出頭要他指認時，他就有得受了——你們又如何？」

他不高興了。我以為他會想辦法整我一下，但是他沒有，走回去坐在他自己的位子上。飛行員自肩頭回望，確定所有的人的安全帶都繫好了，在引擎上加油，把飛機滑上跑道，轉過機身，對著風頭，把飛機升空。

這是一次平順的飛行。我靠向椅背。黑暗中偶或經過一處地下的航空指示燈，紅色的眼睛向我眨著媚眼。有幾次地下有一堆聚集的燈火，那是經過的小鎮。我向下看，夢想著現在在下面的人已經安適地蜷伏在被窩裡睡覺了，即或聽到引擎聲在上空飛過，也會翻一個身，帶睡意地說：「我們的航空信到了。」他們不會知道這是一個人以死亡在作賭注，而且目前一切對他極為不利。

飛機在飛過山區時，駕駛回過頭來給我們做一個手勢。我想他是想表示飛機即將有些顛仆，果然，顛仆來了。我們飛機向上爬，希望能避過氣流，但是不但沒有避過它，反而正面穿過了它。飛機下降進入機場時我像一條濕的抹布。

駕駛把飛機停在機場的最遠端。地檢處來的人站起來，走過來，替我把手銬打開一端。他怪氣地說：「賴，你聽著，我們會送你上一輛車子，你會被送到那旅社去，這樣不會太騷動，也不致引起大家注意。」

「你不可以這樣做，」我說：「你要逮捕我，你就關我起來。」

「我沒有逮捕你。」

「那你就沒有權利把我帶來這裡。」

他獰笑道：「你還是來了，不是嗎？」

飛機轉頭，開進了機庫，停下。我聽到警笛聲，一輛警車進來。一隻燈的強光直接照在飛機的門上。

警官把我帶到機尾最狹窄的地方。「不要自討苦吃。」他說：「這時候辯論這些問題不太好。到目前為止你的表現尚稱還可以。不要自己把一切弄僵了。」

他們把強光故意直照我眼睛使我有如瞎子。警官們把我架出去，把我推在前面，用手抓住我的手臂。於是我聽到柯白莎的聲音說道：「你們在對這個人幹什麼呀？」

有人說：「不關你事，女士，這個人被逮捕了。」

「你們控訴他什麼罪？」

「這不關你的事。」

柯白莎對黑暗裡我只看到一個身影的不知什麼人說：「交給你了。」那個人向前一步道：「可是關我的事。我是個律師，我代表這個人。」

「去你的，」警官道：「你自己要多保重。」

「好吧，你要我去我的。我馬上就走。不過這裡我先給你們一張公文。這是高等法院法官出的人身保護狀，要你們守法，應該立即把這個人送法院去。這裡，還有一張我給你們的公文，我堅持依法你們要立即把這位先生——我的當事人——送到最近，最現成的法官那兒去，以便法官來決定我們要付多少保釋金交保。順便提醒你們，我已經查看過，離開這兒最近的一位法官，正好是一位本市的執法官。他目前尚還留在辦公室裡，辦公室燈光亮著，法庭也準備好在那時，因為我和他約好，要由他來開庭決定保釋金的數目。」

警官說：「我們不必帶他去見什麼法官的。」

「那麼你們要帶他去哪兒？」

「去監獄。」

「我不會建議你們帶他去任何地方，假如不把他先送去見最近、最現成的法官。」律師說。

柯白莎說道：「你們這批人都給我聽著。這個人是替我工作的。我在開一個受尊敬的合法偵探社。這個人正在做一件重要的工作。你們把他自工作地點拉下來，到這裡來。千萬別以為你們可以逃得了這種民事賠償。」

地檢處的人說：「各位，各位，慢慢來。」他對律師和柯白莎道：「讓我們自己的人先談一下。」

白莎反對他們自己先開會。她手上的鑽石戒指隨了她手的動作，在強光照射下，閃閃的亂射光芒。她說：「你們要討論，我要旁聽，我也要發言。」

「你請聽著，」地檢處的人說，明顯地他在擔心，已經採取守勢了。「我們並沒有控訴這位男士什麼罪名。就我們所知，他只是一個什麼壞事都沒有幹過的好孩子。但是，我們急於要證實，他是不是金見田被謀殺那夜，進入他房間裡去過的那個人。假如不是他，一切都沒有事。假如是他，我們要控訴他謀殺罪。」

「又如何？」白莎不講理地說。

地檢處的人看向她，睜大了眼瞪她。柯白莎把自己臉湊上去給他看，雙目敵意地發光，用較高的聲音再次說道：「又如何？你聽到過我說的了，你軟殼蟲！你回答呀！」

地檢處來的官員轉向律師。「根本用不到什麼人身保護狀，也不必把他帶到最近最現成的法官那裡去，因為我們根本也不想控訴他什麼罪。」

「你既然沒有逮捕他，你又怎能把他帶來這裡呢？」白莎問。

他試著不去理會她的問題，他自管對律師說：「要知道，那旅社的職員看了一眼這個人的照片，說這個人就是我們要找的那個人。我們只要做一件事，就是把這個人送到旅社去給那職員看一看。你看這樣也是夠公正的，是嗎？」

律師一下子猶豫了。柯白莎伸出一隻肥肥手臂，很容易一下把律師掃向一側，好像他是一隻空的洗衣袋似的。她戳出下巴，把臉蛋湊上每一個和我同一飛機下來的警官，最後停在地檢處來的那位特勤警官面前道：「不行，不行，就是絕對不行。」

一小群人開始聚集起來，看我們在做什麼。人群中有另一架飛機的旅客、地勤人員、飛行員和空服小姐。探照燈已經自我眼睛上移開。我四處一望見到觀眾看到白莎的舉止，都在暗暗好笑，雖未出聲，但牙齒都露在外面。

柯白莎道：「我們是知道自己權益的。你要請人指認犯人，不可以用這種方法。假如你要控訴他謀殺罪，你先把他關起來。你組成一組人，和嫌犯差不多身材和描述，把他們排列成行，嫌犯也在其中，你把指認的人叫進來，讓他看這一組人。假如他能選出這個人來，這才叫指認。假如他指出別人來，那叫『指錯』！」

地檢處來的感到困惑了。

律師說：「警官，你也知道的，她說得沒有錯。」

「但是，是我們不要這位先生有一點點的不便。只是給那職員看一眼，假如他是無罪的，為什麼怕見人呢？」

我說：「只是因為我不喜歡你們做事的方法。我告訴過你們，我明天早上會自動跟你們回來，跟你們去旅社，你們要我和什麼人談，我就肯和什麼人談。我告訴過你們，我不要今晚上回來，我怕晚上乘飛機。你一定要我回來，你非正式逮捕我不可。」

「喔！白癡。」一位警官道。

「你做什麼了？」我大聲抗議道：「你和另外兩位公路警察逮住了我，當我是強盜，把我塞進車子去。你們沒有控訴我有罪，不逮捕我，把我私刑綁架到這裡來。那是綁票罪。我會告到聯邦法庭去整你們。你們對善良百姓予取予求，你們看明天的報紙好了。我豈是被你們推來推去的人？大家走著瞧。再不然，可以等到明天早上，我跟你們去那混帳的旅社。」

一時全場鴉雀無聲。

我轉向白莎，我說：「這飛機哪裡來的，你是知道的。那裡有個律師和那裡的警長很熟。你打電話給律師，叫他把警長從床上叫起來。叫律師遞張狀紙送去，控告這位警官綁票罪。」

「笑話，」一個警官說：「逮捕一個謀殺兇手，怎麼能稱是綁票。」

「逮捕謀殺兇手時，你該做些什麼？」

「我們帶他去看守所，先關他起來。要是他不合作，我們還可以給他加些罪名。」

「好極了。」我說：「把我帶去最近，最方便的法官那裡。假如他說應該，我就跟你去監獄，但是沒有理由半途要轉去什麼旅社。你只要帶去另外任何地方，那就是綁票——白莎，你也懂了嗎？」

律師懂了，「沒有錯，」他說。「只要他們帶你去和這件案子沒有關係的任何地方，這就是綁票。」

柯白莎轉身面向那警官。「好了。」她說：「你聽到律師怎麼說了。」

「喔，講什麼講！」一位警官說。我看到地檢處來的特勤警員，額頭上有一點在冒汗了。

白莎道：「你凶什麼凶，你以為現在在你自己的管區裡，你們就可以凶狠是嗎？這件綁票案是發生在另外一個郡裡的，要是你們知道，其他郡裡的警察，對你們這批目空一切、自以為是的大都市條子有多恨的話，你們還要流汗呢。」

這等於是一下當頭棒喝。我可以看到地檢處來的那人一下短了一寸。他說：「大家注意，我們不必為這件小事，爭得臉紅耳赤。我們大家理智一些。假如這位先生是無辜的，他會和我們一樣急著證明他自己的。」

我說：「這才像話，你想要什麼？」

「我們想要知道，謀殺案當晚，你是不是那個住進相鄰那間房間裡的那個人。」

「好呀，我們來證實一下。」

「老天。朋友呀，我們也只有這一個要求呀。」

「我們該用比較好一點的方法，來證明一下。」

「什麼是比較好一點的方法？」一個警員問。

我說：「我們去監獄，你們找一批和我差不多身材，相似描述的人，穿上差不多的服式。叫別人來指認。既然要做，當然應該做得正式一點。到底有多少人看到過那個去旅社的男人？」

「三個。」

「都是些什麼人？」

「一個是旅社夜班職員。一個是香菸攤子女郎。另外是一個女旅客看到他站在門口。」

「好吧，把這些人找齊，叫他們並排坐在一起，我和其他人慢慢走過他們，也都停下來，轉身給他們看，事先不准他們互相討論，事後要分別一個一個問他們，這裡面有沒有他們見過的那個男人在內。這就是法定的指認方法。」

地檢處的人低聲道：「你看起來不像壞人，我可以告訴你一點。那個在樓上走道看到那人站在門口的，是個老女人。她當時眼鏡沒戴上。她見是見到他的，但是——你知道怎麼回事，老弟。她白天都戴眼鏡。但是那時她沒有戴。厲害一點的律師幾下就把她給問死了。我們一放你進監獄，記者一定會立即出動的。他們會用閃光燈拍你的照片，照片登在頭版新聞上。邊上有頭條標題『私家偵探被控旅社謀殺案嫌犯』。現在你看，一旦指認失敗，我們會完蛋。不過頭條新聞一登出來，你被他們錯誤指證的可能性也多了很多，危險你自己考慮。假如你是有罪的，我們歡迎你堅持這些憲法權利，我們反正是要盡力送你去煤氣室的。假如你沒有罪，拜託你，和我們合作一點。」

我說：「我是無罪的，但是你知道結果會怎麼樣。那個夜班職員已經憑一張照片。硬說我賴唐諾是那天去租相鄰那間房間的人了。你告訴他，你把賴唐諾帶來了，你才把我一推進旅社的門，那傢伙會說：『就是他。』其實他連看都還沒看清楚，進來的是男人還是女人！」

地檢處的人猶豫了。

「唐諾說得沒有錯。」白莎加油添醋生氣地說：「報上他的照片我看過。他正是唐諾說的那種人，瘦瘦長長，除了一張嘴，只有那大的喉結。像這種笨蛋，你希望他幫你什麼忙？」

外圍有人發出大笑聲。一個警官轉向發聲處喊道：「笑什麼，你們散開，這是公事。」

什麼人也不理會他。

我說：「等一下，還有一個辦法。」

「什麼？」地檢處來的人問。

「有沒有見到那人進入旅社的人，不知道你已經逮到了我了，也沒有見過我的照片？」

「那個在香菸攤子的女孩。」地檢處的人說。

「好吧，」我說：「我們一起去她住的地方。你進去叫她出來，問她有沒有見過我。假如她說我是那個人，我跟你去監獄，你關我起來。假如她說從沒見過我，你釋放我，記者統統不知道，我也不提綁票這件事。」

他猶豫地在想，我立即快快跟下去說：「你也可以帶我去找那個在樓上見到那個人的老——」

「不談這個人。」地檢處的人說：「她那時沒有戴眼鏡！」

我說：「隨你。」

那特勤警官有了決定。「好吧，各位。」他說：「什麼人有她的名字和地址？」

「有，」有個人說：「她名字是柳依絲。出事後，我馬上和她談過話。她給我那男人的描述。和這個人像得不得了。」

我伸腰打一個呵欠。

我的律師匆匆地說：「賴，這種指認對你是非常不利的。那些條子把你帶去，她看看只有你一個人被帶去，先決條件，她便已知道你是個疑犯——」

「沒問題，」我表示該把事情有個解決的樣子。「我一生根本沒有去過那混蛋地方。就照他們喜歡的方法辦他一次也好。」

「而你會合作，保持不出聲，沒有騷動，是嗎？」地檢處來的人問。

「我根本不在乎你們幹什麼。我自己想早點上床去睡覺。我們速戰速決好了。」

柯白莎也開口了：「唐諾，我也覺得本來那排隊指認的方式要好一點。你現在直接去監獄——」

「老天！」我向她大叫道：「你的樣子，好像我是有罪的一樣。你們兩個都一樣！」

這一下子他們都靜了下來。柯白莎看著我，迷惑得不知道我在搞什麼鬼，希望有些暗示可以配合。律師是個好律師，既然沒弄明白，就暫時停止他的猛烈攻擊。其實，他已經把文件交給了警方人員，話又都說過了，他本來可以不必再緊盯了。

「為了彼此不致發生任何誤解，」我說：「柯太太和我的律師要和我們乘同一輛車子。」

「ＯＫ，」地檢處來的人說：「那我們現在就走吧。」

我們的汽車由於紅色閃燈和警笛同時應用，一路無阻地在大街上前進。我看得出地檢處來的那位特勤警官一直在重加考慮。他說：「賴先生，你是知道我們的難處的。我們也像你一樣，不會喜歡指認發生錯誤的。」

「以我私人而言，」我厭煩地說：「我根本不在乎這些。假如她說是我，我反正對那一天晚上有鐵定不破的不在場證明。這不過是一次手續問題而已。假如你對我不錯，我明天早上願意跟你去跑一次旅社。我不喜歡被人牽來牽去，如此而已。」

「你這人執拗起來，還真是不好對付。」他說：「你用什麼方法通知那——女士和你的律師，使他們趕來機場接應你的？」

我打了個呵欠。

「老陳，會不會是你那兒漏出來的消息？」他問另一位警官道。

那警官搖搖頭。「我也在奇怪這件事。」他說。

地檢處的人說：「老兄，你能不能先告訴我，你的不在場證明是什麼。也許我們一調查，就再也不要去麻煩那女孩子，把她自床上拖起來了——事實上，你應該再早一點說起你有不在場證明，說不定我用電話一查，你根本不必回來這裡，省了這樣一次旅行。」

「老實說，本來我也沒有想起來。你們這幫人窮凶極惡給我來這一招後——你也是自己知道的。於是我一再在想，最近兩三晚來我每一分鐘的行動，於是——」

「怎麼樣，你在哪裡，什麼是你不在場證明。」

我搖搖我的頭，「我們反正已經來了這裡了，與其把我的證人一個個自床上叫醒，不如先只叫醒那位小姐。」

「有多少個證人，你？」

「三個。」

他湊身向另一位警官講幾句話，那警官疑慮地搖搖頭。

柯白莎看看我，擔心得在額頭上多了不少紋路。律師自滿地雙目看向自己鼻子，像是真的做了不少工作似的。

我們進入市區。嗚呀嗚地在大街上跑，十字路口車輛都停下讓我們飛駛而過。洛杉磯的街與街間的距離，比我平時自己駕車縮短了不少。不多久我們就來到柳依絲的公寓門口。

我對白莎道：「你一起來，我需要一個證人。」

一個警官留守在車裡。另一個跟我們出來。律師自動跟上來。我們像軍隊一樣齊步上樓。地檢處來的人把我放在最前，他自己緊跟著我，不斷在後輕輕推。我知道他一定認為白莎落後了，但是，他不瞭解白莎。白莎邁著她兩百五十磅有餘的體重，居然保持自己不落後跟在隊裡。

我們上到三層樓上。警官之一敲柳依絲的房門，我聽到柳依絲問：「什麼人？」然後地檢處來的人說：「警察，開門。」

門內沒出聲五秒鐘之久。我聽到的只有柯白莎的喘氣聲，然後柳依絲在裡面問：「有什麼事？」

「我們要進來。」

「做什麼？」

「要請你看一個人。」

「為什麼？」

「要你看看是否認識他。」

「這跟你們警察有什麼相干？」

「少囉嗦，」他說：「開門，讓我們進來。」

「好吧，你們等一下，我會讓你們進來。」

我們等，我點上一支菸。柯白莎不安，又疑慮地看向我。律師自己把自己裝成生蛋母雞院子裡的一隻公雞一樣重要。兩個警官侷促不安互相對望。

柳依絲把房門打開。她身上穿的是昨晚曾穿過的那件棉製黑絲絨的家居長服，拉鏈在側面，一直拉到上面。她眼睛還有睡意。她說：「我想你們是警察，可以進來，沒關係——」她看到我，自己站出走廊來，把門在身後關上，她說：「你們要什麼？」

地檢處的人用大拇指向我一指，「見過這傢伙嗎？」他問。

律師嚴肅地修正他的問題道：「有沒有見過這些人當中的任何那一位嗎？」頓一下他又說：「這樣問才對，你至少要心裡存公正——」

柳依絲以毫無表情的臉色看向我，又看向律師。她伸出手指指向律師，問警官道：「你是指這個人？是這個人嗎？」

地檢處的人用手按在我肩上，把我推向前。「不是，是這一個。這個人是謀殺發生當晚，在旅社裡，你見到的人嗎？」

我看向柳依絲，臉上肌肉一動也不動。她看向我，顰眉，她說：「嗯，他是有點像那個人。」

她又瞇眼，斜斜地看向我，然後她慢慢地搖頭。「喔，」她對警官說：「別上別人當了。他只是有點像而已。」

「你真能確定他不是那個人嗎？」

「你聽著，」她說：「那一個人，我一生從來沒有在以前見過他。但是不騙你，他真的有點像現在你們帶來的他。假如你想要一個好的描述，你可以用這個人做模特兒，那個人和他差不多一樣高，重量也差不多。那個人比這一位肩頭要寬一點。眼睛也差不多顏色，嘴型不太一樣，耳朵的形狀有很多差別。我常注意別人耳朵，那是我的癖好。那個在旅社裡出現的人根本沒有耳垂。」

「這一點十分有用。」警官道：「你以前為什麼沒說這一點呢？」

「沒有想起呀。」她說：「看到了這個男人才想起來了。」她問我道：「你叫什麼名字來著？」

「姓賴，」我說：「賴唐諾。」

「嘿，」她說：「你還真像那個來旅社的人。自遠處看來，真的有人會弄錯的。」

「但是，你是絕對清楚的是嗎？」警官問。

「當然，當然我絕對知道。老天，我和那個人面對面講過話。他湊在櫃檯上問我問題。這兩個人嘴和耳朵都不一樣。他的體重也沒那個人重。兩個人高度相同——賴先生，你是在哪裡工作的？」

「我是一個私家偵探。這位是柯白莎。我替她工作。柯氏私家偵探社。」

「那你最好離開那個住在旅社四樓的老太太遠一點，她告訴我，不戴眼鏡她看什麼都是白呼呼一大團。不過她知道那門口站的是個年輕小夥子——」

「這不關你事，少說兩句。」警官打斷她說話。

柳依絲不在意地說：「馬華賓，那個夜班職員，事實上也沒有仔細看過那個人。他今天早上還特地來向我打聽，這個人的髮色和眼珠的顏色，以便向警方交代。我看我是全世界唯一真知道那個人長相的人了。」

地檢處來的人說：「好了，這裡的事完了。」

「我怎樣回到我在工作的地方去？」

他聳聳肩道：「長途公車。」

「什麼人付錢？」

「你自己。」

我說：「這是不對的。」

柳依絲說：「我已經犧牲睡眠太多了。」她自口袋拿出鑰匙，打開門上的彈簧鎖，走過去，我們聽到裡面門閂上。

大家都自樓梯下樓，柯白莎在最後。到了人行道，我說：「你們聽著，我被你們捉住的時候是在幾百哩之外。我趕回去要花鈔票的。」

警官們把警車門打開。地檢處來的人首先進入，其他人員紛紛依次進入。車門砰然關上，車子平穩地自路旁滑出，柯白莎、律師和我像三個傻瓜似地被留在那裡。

柯白莎看向我，兩眼突出，嘴巴張開著，「他奶奶的。」她輕聲地對自己說。

第十二章　第三批信件

我們走去柯白莎的偵探社。柯白莎把律師遣走。我們進入柯白莎私人辦公室，坐定。柯白莎自她辦公桌最底下的抽屜，拿出一瓶威士忌。「老天，」她說：「這一招真險，唐諾。」

我點頭同意。

「那短命的律師，根本不值那麼多錢。遞兩份公文，然後手足無措，不知要做什麼才好——像是低級牌手，愛司都在手上，不知怎麼叫牌。」

「你怎麼會找上他的？」我問。

「我沒有找上他。老天，你至少要對我有點信心！我會找上這種笨人？」

「姓薄的找的？」我問。

她倒出兩杯威士忌，把瓶子的軟木塞塞回去，開始要把它放開，然後她說：「天！我有你兩倍重，我需要你兩倍的力量來維持。」她又在自己杯子裡加了兩倍的酒。「這才說得過去。」她說。

我點點頭，我們喝酒。

「那姓薄的傢伙不是個壞人。」她說：「那些警官一把你裝進汽車，他立即打電話給我。他估計他們會有一架飛機在等著。他告訴我，叫我和這律師聯絡，告訴他發生什麼事了，叫我們去機場時要把一切必要的公事先辦好帶到。可以應付各種場合。」

「你又怎麼知道去哪個機場等呢？」我問。

「老天，你以為我是吃什麼長大的？我先找到他們包的是哪家公司的包機，這架飛機是從哪個機場起飛的，我打電話到北方的機場，打聽那包機什麼時候飛回的，於是我找到那律師，我們一起來到——看來你已經把那金頭髮的小妞哄得服服貼貼了，是嗎？老天！唐諾，這些個女人怎麼會一個個對你——真是——」

「別傻了，白莎。」我說：「她沒有對我發生什麼感情。」

「你還在那裡傻傻的。我是個女人。我看進她的眼睛裡面，我看得出她在想些什麼。」

我用大拇指翹一下比向電話。我說：「你想，我到這裡來是準備幹什麼的？」

「喝酒，壓壓驚。輕鬆一下。」她說。

「我在等這個電話鈴響起來。」我告訴她：「那個金頭髮的小妞先要弄清楚沒有人在注意她，她就打電話了。」

「你說你們有什麼生意上的聯絡？」

「當然。」

「她會要多少錢？」

「多半不是金錢，是別的東西。」

「我不管她向你要什麼，」白莎坐在那裡看著她的酒杯，一面冥思，一面說道。

「這個女人愛上你了，唐諾。」

我點上一支菸，靠向椅子的背上。

正當白莎又要發表什麼意見的時候，桌上的電話響了起來。白莎一把把話機拿起來，放到耳朵上，她說：「哈囉。」之後她又說：「請問是哪一位？——好的，他正在等你打電話來，」

她把電話交給我。我說。「哈囉。」對方是柳依絲的聲音，她說：「你知道我是什麼人，是嗎？」

「嗯哼。」

「我一定得見你。」

「我想像得到。」

「有空離開嗎？」

「是的。」

「我能去你的公寓嗎？」

「最好不要。」

「你也最好別來我這裡，我們找個地方見面好嗎？」

「你指定。」

「十五分鐘後，在中央街和第十街交叉口見面。可以嗎？」

「可以——有一點要先告訴你，假如我離開這裡時發現有人在跟蹤我，我當然要想辦法甩掉尾巴，如此我可能遲到大約半小時，假如十五分鐘後你在中央和第十街口見不到我，你就在三十分鐘準時打電話到這裡來，懂了嗎？」

「懂了。」她說，把電話掛斷。

我對柯白莎點點頭。

白莎說：「你要小心了，好人。目前你沒事了。照她剛才說，她已經不可能再改變證詞了，而且那夜班職員再怎麼樣來指認你，也沒多大用處了。那在樓上的女人沒有戴眼鏡是看不清的。我敢說她在二十呎外連我也看不到。」

「你這樣說什麼意思？」

「告訴那個金髮的自己去跳河算了。目前我們已經沒有什麼要依靠她的了。」

「白莎，我不能過河拆橋。這種事我做不來。」

「這我知道。你心太軟，又太重感情。我也沒叫你做太絕，叫薄先生送她一點小錢。但是，千萬別把自己的頭伸出去太多。」

我站起來，拿了帽子和大衣。「我只能用你的車子了，你可以自己搭計程車回去。我們明天早上再見。」

「今晚不見了？」

「不見了。」

「唐諾，我對這件事很擔心。你辦完這些事，今晚來我公寓，讓我知道一下行嗎？」

「假如有什麼特別事，我一定去找你。」

她把手伸向辦公室抽屜，自她手臂的斜度，和她肩膀的下傾，我知道，只要我一走出她的辦公室，她就會自抽屜中拿出她的威士忌酒瓶來。

「再見了，好人。」她說。

我走出辦公室。

我沿了街道「8」字型兜了幾個圈子，發現並沒有人在跟蹤我。我就前往中央街和第十街交叉口。我發現柳依絲在中央路上走。位置是八街和九街之中。我沒有急著招呼她，我沿街轉了兩個圈子，確定她沒有被人所跟蹤。當她到達第十街街口時，我請她上車。

「一路平安吧？」她問。

「是的。」

「你是不是開車經過了我好幾次？」

「是的。」

「我也認為我看得沒有錯。我也故意裝著不知道，沒有人在跟蹤我吧？」

「沒有。」

「今天晚上，我為你做的工作怎麼樣？」

「好極了。」

「感激嗎？」

「嗯哼。」

「有多少感激？」

「你要什麼？」

「我認為，你也許能幫我做一件事。」

「也許可以。」

她說。「我要離開這裡。」

「離開哪裡呀？」

「離開城市。離開這個國家。反正離開就是。」

「想要離開什麼？」

「離開每一件事。」

「為什麼？」

「我惹了麻煩了。」

「怎麼回事？」

「你知道，警察。他們不會放過我的——老實說，今天我自己也不知道為什麼會這樣做。多半是因為你對我那樣正經的關係——我不能對那些條子胡說八道。」

「那好，你回家去，把這件事忘了。」

「不行，我知道他們會不斷盯著我查的。」

「怎麼查？」

「去找馬華竇。」

「那夜班職員？」

「是的。」

「他怎麼啦？」

「他會指認你。」

「你叫他不要指認，他就不指認了。」

「你怎麼會有這種想法？」

我一直在無目的地駕駛著，現在我把車移向路旁，停在一個我說話時能看到她臉的地方。我說：「他對你不錯。」

「他吃醋得厲害。」

「你也不必把實況告訴他，只要簡單地說我不是那個人。」

「不行，行不通的。他疑心病最重——會以為我對你有意思了。我不要使他更對你不利了。」

「你要多少？」我問。

「不是錢的問題。我要離開這裡。我要乘飛機去南美洲。到了那裡，我自己可以想辦法，但我需要錢才能到那裡，我需要有個能幹的人替我安排一切，看來你可以勝任。」

我說：「依絲，這個藉口不好呀。」

她抬起眉毛看我。一度眼光裡充滿了憎恨。「你的意思是：我為你做了那麼多的事，而你不願意幫我一點忙？」

「不是，不是這樣。你再試試告訴我，為什麼你要離開？」

「真的是因為我告訴你的理由呀。」

「不是，不是的。」

她靜默了一下，然後說：「我在這裡開始不安全了。」

「為什麼？」

「他們會——我會——發生在金見田身上的事，可能會再度發生在我身上。」

「你說他們會殺了你？」

「是的。」

「什麼人？」

「我不會說出人名來的。」

我說：「叫我矇著眼睛做事，我不幹的。」

「我不是矇著眼睛替你做事的嗎？」

「是韋來東，韋律師，是嗎？」我問。

我提到這名字時，她突然地吃了一驚，然後避開我眼光，轉頭看別處有五、六秒鐘之久。她盯住了方向盤前發亮的儀錶，她說：「好吧，我們就說是韋來東吧。」

「他怎麼樣？」

她說：「那件薄雅泰的事，是完全設計好的。他們設計好只賣回給她三分之二的信件。那主要有損害力量的三分之一信件，會到韋來東手裡去。」

「拿到這些東西，他有什麼用呢？」

「他要利用它使薄雅泰提供一切他需要的東西，來使廖漢通宣判無罪。」

「你認識他？」

「當然。」

「也知道薄雅泰？」

她點點頭。

「說下去。」

「韋來東本人會主持那最後一筆大交易。先前兩次得來的錢都歸別人所有。」

「但是金見田卻把第三批信賣給她，而欺騙了所有的人，是嗎？」我問。

「不是，這一點很奇怪。他並沒有把信給她，他給她的是一張空信封，裡面只有幾張旅社裡的信紙。」

「你事先知不知道他要這樣做？」

「不，沒有一個人知道。這是見田自己給自己設計的一招敗筆，他以為可以把錢帶著溜掉，但是——事與願違。」

「那剩下的三分之一信件，現在在哪裡呢？」

「我不知道。沒有人知道。見田一直聽話地在玩，突然他起了私心。我對他說過這是玩火，非常危險的。」

「你是見田的相好？」

「你什麼意思？」

「你知道我什麼意思。」

「為什麼想起對我說這種話？」

「你是他相好，是嗎？」

她看向我眼睛，然後把眼光移開，什麼也不說。等了相當久，她用很小的聲音說：「是的。」

「好吧，我們從這裡開始說起。今天晚上。當警官們到你公寓，他們敲你門，叫你開門，你幾乎嚇僵了，是嗎？」

「當然，不嚇死才怪。任何人在我這種情況，都會如此的。」

「你已經睡了？」

她猶豫一下，然後說：「是的，才快睡著。」

「你把門打開，走出房來，走上走道，把門自身後鎖上，是嗎？」

「是的。」

「你是帶了鑰匙出來的。」

「是的，本來就在我罩袍口袋裡。」

我說：「你聽到警察來嚇得半死，你不讓警察進你公寓去談，要在走廊上談，那是因為你公寓裡另外有人在。是什麼人？」

「不是，不是，我賭咒不是的！老實說好了，我不是為了怕警方，我怕——別的東西——」

「你想什麼時候離開？」

「現在就走。」

我點上一支香菸，一聲也不吭很久的時間。她焦慮地注視我。「怎麼樣？」她問

我說：「好吧，妹子。我一定要先去弄點錢，我身上沒有帶。」

「你有地方拿嗎？」

「當然。」

「向薄家拿？」

「是的。」

「什麼時候能拿到呢？」

「要等薄先生回來這裡。他現在在本州北部看一個礦。」

「他和你本來在一起？」

「是的。」

「什麼時候能回來？」

「差不多隨時該到了。我不知道他開車回來，還是包飛機回來。」

「唐諾，拜託，他一回來你就去弄點錢，幫我離開。這個忙你能幫到嗎？」

「我會照顧你的。」

「但是，目前我怎麼辦呢？」

我說：「我們來找一個旅社，用假名來登記。」

「我的衣服呢？」

「留在公寓裡，只是弄成人失蹤就可以了。」

她想了一下。她說：「我身上一毛也沒有。」

「我有一點錢在這裡，足夠付旅社費，一般開支；另外，還可以買些衣服。」

「唐諾，真能幫我這個忙？」

「是的。」

「我們去哪裡？」

我說：「我知道有個小旅社，很安靜的。」

「你會帶我去？你帶我過去？」

「是的。」

「你知道的，唐諾。一個單身女人，在這種時候，沒有行李，想去住旅社——我希望你能去，替我登記。」

「用夫婦名義？」

「你要這樣嗎？」

我說：「我會告訴他們，你是我秘書。今晚我們要工作到很晚，明天一早又要開始工作，我要替你弄間房間。沒有問題的。」

「他們不會讓你在那裡和我過夜吧？」

「當然不行。我會把你送進房間，然後自己回來。我先給你一百元，暫時夠你花的了。」

她拿了那一百元，想前想後了很久，她說：「我看你說的方法，可能是最好的了。謝謝你，你是好人，我喜歡你。」

我開動車子，把車開去一個我知道的旅社——在背街的一家小旅社，午夜後只有一個夜班職員和一個開電梯的，在管理全局。

在我們將進旅社前，她說：「唐諾，假如我能拿到剩下未交出的那些信件，我可以坐在那邊不必擔心了。」

「怎麼說？」

「韋來東要這些信。薄雅泰要這些信。地方檢察官也會為了想定廖漢通的罪，出錢買這些信。」

「地方檢查官是一毛也不能出的。」

「我們可以和他討價還價，不用金錢來交換。」

「用什麼？」我問：「免掉對一件案子的控訴？」

「你一定要說的話，也可以這樣說。」

「對什麼人的？」

她不吭聲。

「你認為信會在哪裡？」

「說老實的，唐諾，我不知道。」她說：「見田是由我陪著走到旅社去的。他心裡也在怕可能會出事，他以前曾經因為勒索被捕過。他有正確消息知道薄好利請了一個偵探，在查他女兒的錢去了哪裡。」

「這消息從什麼地方來的？」

「我不知道，不過見田知道的。我想他是從韋來東那裡知道的。反正，見田希望在最後一分鐘時拿到這些信。他和我一起走去旅社，我把信放在我大衣裡面，在我要走進香菸攤子去的前一瞬間，我才把信交給他。他上電梯的時候，我知道信是絕對在他身上的，之後——他也沒有下來過。一定是殺他的人拿到了。」

我下車，走過車頭，開車門幫她下車。我站在那裡在想。我說：「金見田不是他的真名吧？」

「不是的。」

「用這個化名有多久啦？」

「兩三個月。」

「以前叫什麼名字？」

「水賈騏。」

「你給我聽著，這一點很重要，他駕照上用什麼名字？」

「水賈騏。」

「還有件事。我進來，問你賭徒的事，你為什麼把金見田告訴我了呢？」

「老實說，唐諾，」她說：「你把我嚇住了。這一點你騙死人也不償命的，你根本不像一個偵探。你看起來像——像——倒像一個凱子——你知道我什麼意思。我們約好的，不時有人進來找金見田或高湯臣。那就是另一場賭局要開始了。」

「誰又是高湯臣？」

「另外一個賭徒。」

「和亞特娛樂公司也有關聯的？」

「是的。」

「他也住這旅社裡？」

「是的，七二〇。」

「為什麼不找他看看。金見田帶了信件上樓，人沒有下來，高湯臣又在樓上，結論應該想得到呀。」

「不對，高湯臣也沒有拿到信。」

「你怎麼知道？」

「因為高湯臣不敢隱瞞的。那個時候，高湯臣房門裡有沙蟹局在進行中，所有人都說高湯臣沒有離開過。」

「那一種黑社會兇殺案中，不在場證明最完整的人，往往就是兇手。」

「我知道，但是這一批人不像是說謊的人。其中一個是生意人。假如他以為有人把他拉進來，為的是做證人的話，他是會講實話的——你是跟隨了雅泰來到旅社的，是不是？」

「是的。」

「是她要你這樣做的？」

「不是，是她爸爸。」

「她知道多少？」

「什麼也不知道。」

「我們不要在這裡談。」她說：「你到底要不要上來一下？」

「不，我只是要給你弄一個房間，然後要去弄點鈔票。」

她把手放進我手裡，以便在出來車子時穩一點，她的手是冰冷的。我和她一起走進旅社，我對職員道：「這位是宋愛琳，她是我秘書。今天我們公司加班，她沒有行李，所以由我登記，我替她先付錢。」

職員鬼祟地看我一眼。

我為依絲著想，對她說：「你自己上去，早點睡，愛琳，今晚一定要睡好了，我打電話給你之前，你不必去辦公室。我會儘可能讓你晚點上班的。多半要九點、九點半之後了。」

職員交給我一支筆和登記卡。「三塊錢。」他說，看我一下，又加一句：「是單人房。」

我為她登記，代她付了三塊錢房租。他把小僮找來把鑰匙交給他。我給了小僮小帳，把帽子向小姐抬一抬，離開了旅社。

我走到車子前面，站在車前一兩分鐘，又走了回來。職員看我又回來了，嘴巴繃得像一條線。我說：「我想請教一下，這種房間，租月怎麼算？」

「租月？」

「是的。」我說：「我要是能讓我的秘書小姐住在這裡，不必跑來跑去浪費時間，又和辦公室很近，就好了。她有一個姐姐，也在附近工作，兩個人一直在想附近能有地方住就好了。這裡租月怎麼算？」

「兩個女人？」他問。

「兩個女人。」

「我們有特別折扣。有幾間好房間，我們留著給長期客人的。」

「最好是角落兩面有窗的。」

「不，不在角落，裡面一點，房間很好。」

「有陽光？」

「是的，先生。但不太多，當然，白天是不會在旅社裡的，除了週末和星期天。」

「那倒也是真的。」

小僮開了電梯下來。

「你決定要讓她們住進來，我就再給你打特別折扣。」他說。

「你們有沒有旅社的平面圖，我可以一面看房間的位置，一面討論價格？我可能還要給她作薪金的調整。要知道，她們現在是住在家裡。」

他伸手到櫃檯底下，拿出一張旅社的平面圖，開始一個個房間解釋。電話總機響了。他轉向總機。我拿起平面圖，他在總機上講話的時候，我湊向他，一面指著一間房問道：「那前面角落的這間房間，能不能——」

他對我皺起眉頭，但是向電話裡問道：「請再說一下電話號碼好嗎？」

他另一隻手拿了一支鉛筆，我把平面圖側一下，好像是要調整一下光線，實際上我的目的是看他在拍紙簿上寫下的電話號碼。其實我是多此一舉的。職員重複了電話號碼：「七六九六四三二，請等一下。」他用外線撥這個號碼，接通後，他把線接上，轉向我說：「你要知道的是什麼？對不起。」

「有關這一間套房。」

「那是很貴的一間。」

「好吧，你把這三間的價格告訴我。」我指了三間房給他看。他走向辦公桌，看到資料，用張紙寫了房間號碼和價格做對照。我把他給我的紙折起來，放進口袋。

「你知道，這價格包括一切服務。床單每週換一次，毛巾每天換新。」

我謝了他，互道晚安，走出旅社。兩條街外，我找到一個有公共電話的餐廳。我在電話簿上找姓韋的。我找到韋來東律師，地址翔實大樓，下面也有他住家電話，那是七六九六四三二。

我只要知道這些就夠了。

第十三章 一齣戲

柯白莎，穿著便宜而俗麗的假絲睡衣，披了一件睡袍，張手張腳半坐半躺在一張舒服的沙發椅上，在聽著音樂。她說：「老天，唐諾。這個時候了，你為什麼不躺到床上去，睡一下？還要把我也拖著不能睡？」

我說：「我想我查到一些事情了。」

「什麼呀？」

「我要你穿好衣服和我一起走一趟。」

她瞄著我：「這一次又怎麼啦？」

我說：「我要演一齣戲。我可能會和一個女人爭辯。你知道我不善於和漂亮小姐爭辯，我要你在旁邊，作我的精神支援。」

白莎張著眼大聲歎一口氣，我幾乎可以看得到她的橫隔膜在顫抖。「至少你有進步，」她說：「知道自己毛病在哪裡了。你也知道，除了這個方法外，你沒有辦法使本來已經上了床的我，爬起來又跟你出門——什麼事？是那金頭髮的，是嗎？」

「我們一路走，我會一路告訴你的。」

她心不甘情不願地自那張舒服的沙發椅用手把自己支撐起來。「假如你不斷地要給『我』命令，」她說：「你得增加我薪水才行。」

我說：「給我月俸多一點，我會的。」

她走過我，進入她的臥室，地板因為支持她體重而咯吱咯吱響。她自肩頭向回望，「你在做你的春秋大頭夢。」她說，把臥室門關上。

我把無線電關了，在一張椅子上坐下。希望休息一下。我知道擺在前面的工作困難萬分。

白莎的起居室可以說是亂七八糟，雜物陳設。桌子、椅子、小古董、小擺設、書本、菸灰缸、花瓶、髒玻璃窗、火柴、雜誌，和一些雞零狗碎的東西，我看不出有什麼方法可以清潔一下或整理一下。整個房間只有一個地方是井然有序的。那就是她張開那大沙發椅子的地方。左邊是一個雜誌架，右邊是一張放菸具的檯子，無線電是在伸手可及的地方。一座小櫃子開著櫃門，裡面擺著各種各樣的酒瓶。

當柯白莎自己要舒服一下，她就會決心好好地舒服一下，完完全全鬆弛下來。她不喜歡任何人、任何東西來影響她私人的方便和安逸。

白莎進房去十分鐘就出來了。她走過去到她的防潮菸罐去，把自己隨身的菸匣裝滿了香菸，懷疑地看看我，把酒櫃門關上。「走吧！」她說。

我們用她的車。「我們去哪裡？」她問。

「我們去薄家。」

「說的女人是什麼人？」

「薄雅泰。」

「會發生什麼事？」

「我也不知道。弄不好要動粗。雅泰會阻擾，薄太太會發神經病。她丈夫會宣佈一切作罷。他已經告訴她，她可以去雷諾。她會血壓升高。醫生會趕來，受過訓的護士會來做特別護士，她相信她丈夫早晚會把他東西裝好，搬出去住。她什麼都在計算之中了。」

「你真會找地方讓我去參加。」

「豈敢，豈敢。」

「要我做什麼？」

「假如這女人不擋我們路，一切沒問題，」我說：「但是，他們要是搗亂我的計畫，我要你出頭干涉。雅泰可能只是同情性的囉唆。薄太太才是會動粗的人。」

白莎點上一支香菸。「和自己雇主的太太打打鬧鬧，總不是好辦法。」她說。

「他們已經決定離婚了呀。」

「你是說『他』要離婚。」

「是的。」

「他要離婚，和離婚相差十萬八千里。」白莎認真地說：「男人嘛，有好處的地方就鑽。」

「薄先生有錢，用鈔票都好辦的。」

「這件事水漲船高，他倒試試看。」白莎說，輕鬆地靠向椅座，抽她的香菸。

半途上，白莎把香菸自口中取出，看向我。她說：「唐諾，別以為你已經從這件事裡脫身了。要不是我怕你老實講出答案，否則我都想問你問題。」她把香菸拋掉，又掏出一支來自己點上。閉上嘴不再出聲。

我們在薄家的住宅前把車停下。門前車道旁已經有三輛車停在那裡。所有屋子裡的燈都亮著。薄好利本來就有給我一把鑰匙，但是因為白莎一起來的關係，我按門鈴，讓管家來替我們開門。他仍還沒睡，他看向我，略微有些不高興，又好奇地看向白莎。

「薄先生回來了沒有？」我問。

「還沒有，先生。薄先生不在家。」

「雅泰小姐呢？」

「也沒在家，先生。」

「洛白在嗎？」

「是的，先生。洛白在家。薄太太病得太厲害。有一位醫生，兩個護士在照顧。洛白在她床邊。她情況很危急。」他看向白莎道：「假如你能接受我建議，先生，最好不要有外客打擾。」

我說：「沒關係的，我們只在等薄先生。」於是我們走進去。

「柯太太會在我房間裡等。」我說：「假如薄先生回來，告訴他我在上面，柯太太和我在一起。」

「柯太太？」

「是的，」柯白莎說。戳著她牛頭狗似的下巴，向他道：「我的名字是柯白莎。唐諾，你帶路。」

我帶路，把她帶到我房間。

白莎環顧一下道：「你還蠻受優待的。」

「本來就是。」

「地方不錯，唐諾。這傢伙一定是混得很好的。」

「可想而知。」

「有錢人也有有錢人的麻煩，倒不是我的酸葡萄作用。這使我想起我該為我的幾種股票，寫幾封信給我經紀人了，卜愛茜什麼時候能夠回來？」

「兩三天之內吧。」我說。

「我現在辦公室有兩個女孩子了。」白莎說：「沒有一個值一毛錢的。」

「怎麼啦？」我問：「不會速記？」

「會呀，都會。也能打字。但是兩個人合起來，比不過愛茜一個人的工作。」

我說：「不過她們也不錯，是嗎？」

她生氣地向我吼道：「唐諾。別告訴我你愛上了愛茜了。老天，看你對女人有多敏感！隨便那個女人，只要把頭靠在你肩頭上一哭，你就同情得鞠躬盡瘁。看來她向你哭訴了她的工作有多辛苦了。」

「她什麼也沒有說。都是我在說。」

「你說了些什麼？」

「告訴她，安心在新辦公室輕鬆幾天，等於是休息休息。」

白莎做出怒極的聲音。一半出自鼻子吸氣，一半出自鼻子噴氣。「付一個小姐鈔票，」她說：「坐在那裡修自己指甲。而讓我這老闆，一個人在家裡柴米油鹽的計算怎樣才不虧本了。」想想不對，她自嘲地微笑一下道：「也許最近不必真正柴米油鹽都要計算，但是，唐諾——你把我弄來這裡，到底是要做些什麼？」

「坐著準備。」我說：「我們隨時可能要行動了。」

「你要我做什麼？」

「就等在這裡。」

「你自己要走？」

「是的，下去看一下薄太太。假如你聽到她拉高了聲音要吵架，你就下來。否則就等在這裡，要動粗時再出面。」

「我又沒有聽過她聲音。怎麼會知道是她在大聲呢？」

「絕錯不了的。」我說。溜出房間，踮足走下樓去。我輕敲薄太太房間的門，推開了一條縫，看進去。

薄太太睡在床上，頭上放了一塊濕毛巾。她呼吸很重，雙目閉著，聽到敲門聲，她眼睛一下張開。她在期待薄好利，準備好要演一場戲的。當她看到進來的是我，又把雙眼閉起，希望掩飾為什麼她那麼重視敲門的聲音。

寇醫生坐在床沿旁，一副醫生職業臉色，一隻手在測她的脈膊，神情嚴肅。一位穿了白制服的女護士，站在床腳。床頭桌上又是藥瓶，又是針劑地攤了一大堆。室內燈光黯淡。洛白坐在窗旁，我走進去，他看向我，把手指豎在他嘴唇前。

全室因為他的舉動，肅靜——有點像葬禮在進行，或是臨終的房間氣氛。

我踮足來到洛白前面：「發生什麼事了？」我問。

醫生抬頭看看我，又看回向著自己的病人。

洛白說：「她整個神經系統遭受了強力的破壞。」

我想病人是聽到他的說話，她扭動了兩下。手足抽動，痙攣了幾下。面孔上的肌肉也抽搐起來。

「你看，你看。」醫生說。向護士點點頭。那護士走去床頭櫃拿起一罐藥瓶，倒了一匙藥水，先用一塊布放在薄太太下巴下面，然後把一匙藥水側倒到薄太太嘴裡。薄太太吹出氣泡，噴出藥水的水滴，像是一股小的噴水泉，然後嚥下，咳嗽，哽住，呼吸困難。

洛白問我道：「好利哪裡去了？你見到他嗎？她曾不斷打電話找他。卡伯納試過他俱樂部和一切可能的地方。就是找不到他。」

我說：「你跟我到我房裡去，我們可以在那邊談。」

「我現在離開她不好，」他說，但是一面看向床上，一面站了起來。我們倆輕輕經過房間。我自肩頭回頭去看，看到門一響，薄太太的眼睛就張開了。

我陪了洛白，一路來到自己的房裡。他看到柯白莎在裡面，吃了一驚。我為他們介紹。

「柯太太。」他說，像是在腦子裡搜查：「我好像從什麼地方聽到過——」他突然停止下來，看向我。

我說：「柯氏私家偵探社，這位是柯白莎親自出動。我是賴唐諾，也是個偵探。」

「一個偵探！」他喊道：「我以為你是柔道專家。」

「也是。」白莎說。

「但是，你來這裡做什麼？」

「一舉兩得，」我說：「一面訓練薄好利，一面調查案件。」

「調查什麼案件？」

我說：「洛白，你坐下來。」

他猶豫了一下，然後一屁股坐下在一張椅子裡。

「今天晚上我差點就見到你。」我不在意地向他說道。

他抬起眉毛，「什麼意思？」

「你媽媽不舒服多久啦？」

「從薄好利告訴她，他要對她的手段之後。老天，我真想親自來對付他。那些卑鄙無恥的手段，那些——」

「你還沒回到家之前，你是不知道的？」

「不知道。」

「那你知道這事還不久是嗎？」

「不久，大約一個小時之前！問這個幹什麼？」

「因為，正如我說，我今天晚上差點就見到你。」

他抬高他的眉毛，有點過份強調表示驚奇。「什麼意思？我不懂你的意思。」

「在柳依絲的公寓呀。敲門時，一定使你嚇得大大的一跳。尤其是有人說這是警察的時候。」

有一兩分鐘，他僵在那裡一動也不動。不過臉上的表情倒一點也沒有露出破綻來，連眼睛都沒有動一下。然後他向上看我一下，說道：「我真的完全不明白你在說些什麼？」

我選張椅子坐下，把腳蹺到另一張椅子上。

「你在房間裡和柳依絲在一起。柳依絲就是那個在那旅社香菸攤上工作的金髮女郎。」我說：「也就是金見田的情婦。」

他嘴唇抿成一條直線，然後直視我雙眼地說：「你在胡說八道什麼？」

柯白莎遏制自己呵欠不要打出聲來，但不在意地道：「好了。我們不要打啞謎，應該速戰速決。」

我慢慢地自椅子上站起，準備用我的手指向他一指，做我對他的直接指控。他誤解了我的動作。我可以看到他眼光中露出了極端的驚慌，因為在他的腦子裡，我是一個柔道高手。「別衝動，賴。」他急急忙忙地說：「不要為這件事太放心上。是我自己失禮了。你指出一件事實，我不該說你胡說八道。我應該簡單地告訴你，你說的不是事實。你誤會了。或是有人向你胡八說道，你相信了。」

我利用這一項優點。我把眼睛瞇成一條線。我說。「你應該知道我可以把你自椅子裡拖起來，把你扭成一條麻花，把你拋進垃圾箱，在火化之前，你別想可以自己解得開來。」

「慢慢來，賴，慢慢的來。我沒有惡意呀。」

柯白莎哽住了，在咳嗽，聲音像薄太太吃藥的反應。

我仍把我手指指向他。「你，」我說：「今天晚上是在柳依絲的公寓裡。警察來的時候，你在裡面。」

他的目光移動。

我說：「想出三個偵探自雅泰房裡找出那些信來的詭計，值得喝采。警局兇殺組也許會因為一件事，派出三個偵探來辦同一件案子。但地檢處從來只派一個人辦一件案，因為有必要時，他可以動用警力。那件案子已經自警方移給地檢處，蒐證是地檢處的事了，怎麼可能派三個偵探出來？」

洛白看向我，在說話之前他吞了兩次口水。他說。「賴，你把我看錯了。我是在樓上她房裡。我去那裡，是為了想去拿回那些信。我知道這些信對雅泰有多重要。這房子裡，除了母親之外，沒有人認為我還值一毛錢，但是我自己還是努力想做正經人的。」

「信的事，你是怎麼知道詳情的？」我問。

他在椅子中扭動著，什麼話也沒有吭。

我聽到走道上有動靜。抗議之聲響起。有人說：「你不能這樣。」然後是一陣騷亂之聲。薄太太，身上穿了薄薄的一件睡袍，其他什麼也沒有穿，一下把我房門打開。護士抓住她，薄太太把她推開。醫生在她身旁一面疾走，一面大聲作勞而無功的抗議。他一手抓住她的一隻手，他說：「薄太太——薄太太——你不能，薄太太——」

護士向前，第二次又要來抓薄太太的手。醫生向她道：「不能動粗，護士。她不能激動，不能叫她掙扎。」

薄太太向我盯視著，她問：「這，是怎麼一回事？」

柯白莎回答她的問題。「坐下來，親愛的。不要老站著，腳會腫的。嘴巴嘛，最好能閉起來。」

薄太太轉身，不相信地看向柯白莎：「夫人，你知道這是誰的家？」

「我還沒有查看房地產登記。」白莎道：「但是我非常知道，現在該由什麼人來做節目主持人。」

我對洛白說：「韋來東律師命令你把這些信拿走，以免將來出問題。照理，你應該把信交給韋律師，但是你沒有，你把它交給柳依絲，想利用這些信，自己來弄一點錢花花。你——」

走道上傳來快速的腳步聲。薄好利自開著的房門直直闖進來，他自眼鏡上緣看向屋裡的一群人。

薄太太看看我，又看向洛白，再看向她丈夫。「喔！好——利——！你去哪裡了。

好利，這是最可怕的事情了——最醜惡的事情了！好利，親愛的，我要昏過去了。」

她把眼睛閉上，腳在地下虛晃著。護士和醫生趨向前來。醫生安撫地咕嚕道：「薄太太，薄太太，千萬不可以自己太興奮了。」

護士說：「你該安靜地在床上躺一會兒。」

薄太太讓自己眼皮垂下來，幾乎要閉上眼睛了。她喉嚨裡咕呀咕的。她把頭垂下，但是我看到她利用垂下的眼縫，在觀察其他人動態。

「好利，親愛的。」

薄好利對她一點也沒有注意。他看向我。

我說：「我正在給洛白蓋上一頂帽子。我認為他是和你叫我調查的那件事有關聯的。」

洛白說：「我沒有。我發覺你把我弄錯了。我——」

「偷了雅泰的信。」我替他把話講完。

他站了起來。「賴，你給我聽著，我不管你到底紅帶黑帶，八段還是九段。你就是不可以——」

薄太太看到她丈夫已經轉移目光，怒火中燒地看向她兒子。他的臉色已變，而且僵硬。她看出來昏過去不見得有用。她把自己在地上站穩，伸手把醫生和護士撥向一旁。她說：「原來如此。你請了偵探，進到家裡來，目的是栽贓栽到我兒子身上來。我要你們各位先生女士統統做證人，作證這間房間裡剛才人講的話。好利，我要你負責這件事，你最後會受到報應的。要花大價錢的。小洛，你跟媽媽來。我們不必浪費時間和這些人鬼混。明天一早，我就找我律師來。很多事情，我以前不太清楚，現在完全明白過來了。好利是想套一點罪名在你身上，可以迫我離開他。」

洛白移到他母親身旁，她把一隻手放他肩上，她嘆了一口氣。

柯白莎站起來，動作很慢，但是很有威嚴。她的態度像一個優良的技術專家，要開始處理一件困難的小事情。

薄好利抬高眉毛，自鏡片的上面看向白莎，舉起他的手，他說：「不可以。」有一兩秒鐘的沉靜。柯白莎看向我，像是等候指示。

薄好利向我搖搖頭。「算了，賴。」他說。

「我認為已經有了苗頭了。」

「你只是自己認為有眉目了。假如真的如此，我一定讓你追究下去。但是有許多地方不允許你如此做。」

薄太太說：「醫生可以作證，我現在的情況，不宜被人訊問。」

「絕對的，」醫生說：「我絕對可以作證。你們現在這種做法，是有侵害性的。」

洛白非常喜歡這個脫身的機會。他說：「走吧，媽媽。我帶你回房上床去。」

「好的，」她用低得僅比耳語響一點點的聲音說：「事情越來越沒道理了。」

柯白莎把一張椅子推向一側，邁步來到門口，她用腳把門踢上。

薄先生看向她又說：「不行。」

白莎嘆口氣。她是技癢得不得了，想要處理現在的狀況。但是，一百元一天是一百元一天。命令是不能違背的。

護士來到房門口，白莎移向一側，護士把門打開。醫生護士擁著薄太太離開房間，走上走道，進入薄太太的臥房。房門被關上。我聽到他們把臥房門上的聲音。

柯白莎說：「白癡。」

薄好利說：「我們不能冒險，唐諾。我是可以冒險試一下，但是醫生知道，兩面哪一面有利。在離婚法庭裡，這種險我們冒不起。」

「你是老闆，」我說：「教我來說，我想你把事情弄糟了。」

走道裡有一扇門打開，關上，又落門。寇醫生生氣地大步過來，走進房間，他說：「你們真是，差一點把她害死了。」

「沒有人請她出席呀。」我說：「把洛白送回來，我們有些事要請教他。」

「他暫時不能離開他媽媽床邊。假如出了什麼不良後果，我可是負不了——」

「沒有人要叫你負什麼責任，」柯白莎道：「這個女人，你用斧頭來劈也劈不死她。她是在裝佯。」

寇醫生道：「夫人，你像所有的老百姓一樣，你們用外表來決定推想。我告訴你，她的血壓已經到了非常危險的高。」

「那就讓她炸掉好了。」白莎道：「對大家會好一點。」

薄好利對醫生道：「你認為她會有生命危險？」

「非常危險。」醫生道。

「真的嗎？」白莎嗤之以鼻道：「那你做醫生的為什麼不守在她床邊上，反而幫她大模大樣到這裡來收集離婚證據？」

這句話的嚴重性戳動了醫生腦子。他一聲不響，退出房間，走回薄好利太太的房間去。他敲門，房門打開，他進去，房間又門上了。

柯白莎把我的房門用腳踢上。

薄好利說：「唐諾，我抱歉，他們是吃定了我們了。那護士當然不會和醫生唱反調。」

我伸手拿我的帽子。「這是你自己找死，」我說：「我一手好牌，但是你把我的愛司王吃了。」

「我抱歉。」

「那倒也不必。今後你想要過好日子，當然應該從多多擔心太太的健康開始。」

「那不是更落入他們安排好的陷阱了？」

「擔心她的健康，擔心到堅持要另外請一個醫生來會診。然後找一個敬業的醫生，請他馬上到這裡來，量量她的血壓。」

他看我像看一個外星人似的。然後他的眼光軟下來，眼角露出皺紋，他走向電話。

我說：「白莎，我們走吧。」

第十四章　聰明人不吃眼前虧

橋田浩村坐在床頭上，對了光線眨著眼，一面聽我在說話。我說：「這些專家說你這兩手不管用，橋田。他們說這只能對付橡皮刀和沒有裝子彈的槍。他們說他們可以把你像皮鞋帶一樣拎起來，打成一個蝴蝶結。他們給我五十元打賭。我試著把你教我的演給他們看，他們把我拋進一個垃圾筒，還說他們也可以照樣對付你。」

他的眼珠反射出照過來的光線，好像他的眼珠被漆上一層黑漆。「抱歉，請，」他說：「小樹要慢慢才能成材，青苗時不能拿來用的。你尚未到程度。」

我說：「假如你說可以應付，我希望你能秀給他們看。不過目前我也相信他們所說，這只是特技表演，我答應他們賭五十元了。」

他站起來，把腳插過木板草繩的拖鞋，踢踢踏踏走向衣櫃，打開一扇門，脫掉他的睡衣，穿上衣服。轉身時，他的眼睛冒著紅光。他一句話也不說。

我帶路走向門去。他又戴上帽子穿上大衣。跟了我走到停在路邊等候的計程車，等錶滴答滴答起勁地在走著。進車時他一聲不響，在計程車開向賭錢俱樂部時，他也不聲不響。

穿著整齊時，他一點也不難看，腰粗了一些，不過全是肌肉，一點油也沒有，不過不知道的人還會誤認他只是個矮胖子而已。

我走向輪盤桌，開始賭錢。他站在我後面兩步的距離，輕蔑地看著我。

褐色頭髮，曾經接收柳依絲男朋友的那個女人，抬起頭來，看到我，立即把眼光轉移。過不多久，她輕巧地站起來，移動位置，不著眼地走進門上寫著「非請莫入」的一間房間去。我把一些籌碼塞進日本人的手，我說：「你把這些放桌上去玩。」我自己停止賭博。褐頭髮回來，向做莊的人說些什麼話，眼睛看過我，像是一生從來沒有見過我似的。

日本人把一個籌碼放三十六號上，象牙球在輪盤圈上轉了很多圈，又跳又蹦的滑下來，進入了三十六的小格子裡去。

管吃配的把一大堆籌碼用豬八戒用的耗子，都耙了過去。

我說：「我的朋友在三十六上有一個籌碼。」

管吃配的看向我，搖搖頭。「抱歉。你記錯了。」

「去你的。」我說，我轉向橋田：「橋田，你籌碼放幾號？」

他用厚而短的手指指向三十六那一個格子。

管吃配的說：「請你們向經理去說明白一下。」

一個男人突然出現在我身旁，他用手托住我肘部說道：「請跟我來。」就那麼簡單，身旁另一邊也有一個男人在，兩個人一夾，他們要什麼人去見經理，什麼人就得去見經理。他們兩個帶著我就走進了「非請莫入」的房間。「來呀，橋田，」我回頭自肩上向後說。

保護我們進入辦公室的人並沒有跟我們進去。他把門反手關上。門克啦一聲門上，多半是經理桌子上有什麼電控的按鈕可以自動門門的。

經理是一個薄嘴唇，高顴骨，灰眼珠的人，他的手喜歡不斷的扭來扭去。長長細細的手指，適合做個鋼琴家，當然，也可以做個賭徒。

他抬頭看我，說道：「賴，坐下來談。」然後疑問地看向橋田。

我說：「這位朋友放了一個籌碼在三十六號上。出了個三十六。你們公司的人把他籌碼耙過去了。」

「一元一個的籌碼嗎？」經理問。

我點點頭。

他打開抽屜，拿出一疊的銀元，自桌上推向日本人。「好了，你的事情先解決。」他說。

他看向我說：「賴，既然你在這裡，你可以坐下來，寫一張自白書，就說明金見田死的時候，你是在四二一房，後來你搜索了他的口袋，拿走了一張憑票付現的一萬元支票。」

「你自己去寫好了。」我說。

他把桌上菸盒打開。盒子蓋子打開到底發出一聲特別的「克力」之聲。盒子裡面只有香菸。他拿出一支菸，把菸盒關上。菸盒在桌上一分一毫也沒有移動。看來菸盒是做死在桌上的。這是發出某一種訊號，當然電線是經過桌子，走地毯下面的。

一扇門打開，兩個男人進來。

辦公桌後的男人說：「清他一下。」

我對橋田說：「站著，千萬別動。」

那兩個過來的男人用熟練的手式搜我們身上。然後退後一步。「沒有武器，雪仔。」其中一人說。

經理指向桌面道：「賴，你寫吧。」

「你要我幹什麼？把自己頭伸進吊人索去？」

「只是叫你說老實話，」他說：「沒有人會傷害你的。」

「我當然知道沒有人會傷害我的。」

「除非你不合作。」他加一句說。

「我想你還不知道最新消息。警方把我捉住了，想把這件事栽到我頭上來。我認為是你們設計我的——不過沒有成功。證人認為這不是我。」

他厭煩得不得了。他對那日本人說：「你拿到錢了？」

日本人看看我。

我說：「他已經妥善安排好了。」

「好吧，他可以走了。」

那兩個人走向日本人，橋田站在那裡穩如泰山，他的全身肌肉似乎已經完全放鬆，但是，他站的姿態令人有不可輕舉妄動的架勢。

那兩個男人接近他。猶豫未敢動手。我說：「好了，橋田，我們來贏賭注。」

兩個人中一個已經先動手，攫住橋田肩頭，想使他就範。

我未能真正的看清是怎麼回事。房間的三度空間裡，一時都是手足在飛舞。日本人倒也沒有真的要拋他們出去。他是在戲弄他們，他是在玩特技，像是在舞台上玩甩瓶子把戲。

經理打開一個抽屜，伸手向內。

一個打手被摔出來，頭下腳上。他摔到了牆上的一張畫上。玻璃破了。那打手、畫和畫架，同時摔到了地上。

我一把抓住了那經理的手臂。

另一個打手自口袋裡掏出一把手槍。自眼角，我看到了發生的一切。橋田攫住了他的手腕，扭轉他的手臂，擺動自己的身體，把肩膀湊到他腋窩下面，一下把那人的手臂向下壓下去——一下把那人摔向那經理。

那個人撞上辦公桌，撞上經理，撞上經理的槍，都在同一時間發生。經理的迴轉辦公椅在被撞時破裂塌下。抽屜跟著飛出來，經理伸手伸足仰臥在地上。

橋田根本不看他們。他看向我。眼中仍還有那離開家裡時的紅光。

我說：「好吧，橋田，你贏了。」

他沒有笑，他出奇怪誕地看向我。

最後摔出去的人自辦公桌後掙扎爬起，他衝向前，手裡有一支藍鋼手槍。日本人湊過桌子，用他張開的單手，一下砍下來，砍在他的手臂上。

那人痛得殺豬似地叫出聲來。手臂和手槍同時被嵌在紅木辦公桌桌面上。手槍反彈而起。手臂卻仍在桌子上。那傢伙根本沒有能力可以再用自己右手的肌肉把右手抬起來。橋田一本正經快步繞過辦公桌。

我展開工作。我盡環境和時間的許可，快速搜索辦公桌抽屜。經理在地上，用被擊倒的拳師樣子，懵懵地看向我。

我說：「告訴我，那些姓薄的信藏在哪裡？」

他沒有回答我。他可能根本沒有聽到，即使聽到，他可能也不能理解我在問他什麼。

我一個一個抽屜找。我找到一張合同，證明韋來東律師在亞特娛樂公司擁有控制量股權。我找到一張毛利，純利和開支的報表——我找不到給雅泰的信。我懊惱得恨不能吞下一袋三吋長的鐵釘。

一扇側門開啟，一個男人伸一個頭進來，不相信地瞪著眼在看，突然一跳縮回去。

我對日本人說：「好了，橋田，可以了。」

還有另外一扇側門，那是洗手間的門。洗手間另一邊也有門，可以通到一間銀行經理也會自歎不如的辦公室去。看起來，這辦公室已經好久沒有人用了。辦公桌椅上有灰塵在。我想這該是韋來東的辦公室了。一扇門開向走道，走道裡有後樓梯，我和日本人走下去。

我和他握手道別，自開支費中，我拿出了五十元交給他。他不要。我可以看到他眼中仍在冒火。我說：「學生向高貴的師父道歉。學生錯了。」

他鞠躬。冷冷僵僵禮貌性的鞠躬。「說起來是老師笨。」他說：「晚安。請再也不要找我了——永遠。」他叫了計程車，回家去。

我四處看看，有沒有別的計程車。

有一輛正好移向路旁。我揮手告訴駕駛，他的客人下車後，我要上車。他把車停好，繞車頭走到路旁來替客人開車門。

自車中出來的是大律師韋來東。他看向我，他全是骨頭的臉上露出微笑。「真巧，真巧。」他說：「這是賴先生，有油田要賣的賴先生。告訴我，賴先生，生意怎麼樣？」

「非常好。」我說。

他把手伸出來，我和他握手。他一直上下的搖，又向我笑道：「我看你要在亞特娛樂公司辦的事，都辦好了。」

我說：「想來是那褐髮的美女，一通知經理後。馬上用電話通知你了。」

「我親愛的年輕人，」他說：「對你說的事，我連半分的概念也沒有。我來這裡，是因為有的時候我在這裡餐廳吃飯。」

「同時對樓上的賭博有些興趣。」我補充道。

「賭博！」他喊道：「什麼賭博？你在說什麼呀？」

我大笑。

「你使我吃驚了，賴先生。你是不是說這家餐廳樓上有賭場？」

「省省吧。」我說。

他繼續抓著我的右手。「我們進去，一起吃一點。」

「謝了。這裡的咖啡有夠爛。我們到對街那家店去吃，如何？」

「他們的咖啡只是囟一點而已。」韋來東仍是抓住了我的手說，一面他自肩頭看向餐廳大門，好像期待什麼事會發生似的。沒有事發生，不甘心似地。他讓我的手慢慢自己抽回來。「油的事，你還沒有告訴我呢。」

「進行得還順利。」我說。

「想起來了。有幾個朋友，我們兩個都認識呀。」

「真的嗎？」

「是的，薄小姐，薄雅泰。我自作主張通知了她明天下午到我辦公室來。我知道她是非常時髦，應酬多的女性，她不可能為一個討厭的老律師湊她的時間，但是你是很有影響力的，賴先生。請你對她說一下，準時前來，對她是非常有利的一件大事。」

「假如我見到她，我會告訴她的。」

「真的不進來一起喝杯咖啡？」

我搖搖頭。「不了。謝謝你。」

「你剛才是從裡面出來？」他用手指著這棟房間。

「喔，是的。」

他上下看我，像是在驗傷。

「我到這裡來的事情，」我說：「已經完全依照各方的需要完成了。」

「呀，是的。」他臉上泛起笑容，嘴角都拉到耳朵邊上去了。「你是聰明人，賴，絕不會吃眼前虧的，事實上只要合作，沒有人會傷害你的。我非常高興，你能和我們看法一致。我們可以做更多的合作的。」他又在黑暗中想要摸到我的手。我假裝沒有看到。

「好了。我一定得走了。」我說。

「我看現在我們兩個彼此都瞭解了。我們會處得更好了。」韋來東說：「拜託你記住，我要薄小姐明天下午到我辦公室來，不要忘記了。」

「再見，」我說。一面坐進計程車裡去。

我把薄家地址告訴計程車駕駛，韋律師仍站在路邊，嘴上掛著笑容。

第十五章　指紋

早上八點四十分，我來到我把柳依絲留下的旅社。總機上現在有一個年輕女人在作業。我請她搖宋小姐的房間，告訴宋小姐，賴先生在大廳等她。

她說：「宋小姐已經遷出了。」

「多久的事呀？」

「昨晚什麼時候吧。」她說。

「能不能請你查一下真正的時間？」

她說：「你最好問櫃檯。」

我轉問櫃檯職員，他說：「她是先付現的。」

「我知道她是先付現後住的。我要的是她什麼時候離開的。」

他搖搖頭，準備把放卡片的抽屜推回去。然後，有什麼標記被他看到了。他把卡片拿到窗邊較亮的地方，看上面用鉛筆記的字。他說：「她是早晨兩點離開的。」

我謝了他，問他有沒有留給我的信，他查了一下說沒有。

我在旅社旁邊找到個餐廳，打電話給柯白莎。她既不在公寓，也不在辦公室。

我就在餐廳裡吃早餐，喝了兩杯咖啡然後抽著香菸。我要了張報紙，看了一眼頭條新聞，就開始看體育版。我又打電話到辦公室找白莎。她在。我問道：「有什麼新消息？」

「你在哪裡，唐諾？」

「公用電話。」

她說話非常小心。「據我知道，警方對金見田命案有了不少進展。」

「是嗎？」

「是的。有一些最近的發展，他們不知道原因。」

「像什麼？」

「有人今天清晨侵入了旅社那房間，把房間弄得一塌糊塗，床墊，椅墊都劃破了，窗簾拉下了，地毯翻起來了，畫框打破了，一團糟——警方不知道原因。」

「有留下線索嗎？」

「顯然沒有。消息封鎖得很嚴，我當然還有一些秘密來源。」

「好得很。」我說。

「什麼意思，你要做什麼，好人？」

「不停地看著辦。」

「一位韋先生的辦公室打電話來。韋先生急著想見你。」
「說他要什麼了嗎？」
「沒有，他只說要見你。」
「倒是蠻好客的。」
「唐諾，你要多小心呀。」
「我是在小心呀。」
「要是你睡進了一間四周都有鐵欄杆的房間，白莎沒有辦法再用你呀。」
我假裝十分傷心和驚訝。「你是說，假如我為公司辦案，最後進了監牢，你就會停發我的薪水？」
白莎上了我的當，她說：「你他媽對了，我要停發你薪水，你這個卑鄙、自大、不知好歹的小不點！」她把話筒掛上，重得好像是拿電話來出氣似的。
憑了這一點，我又回到餐廳再喝一杯咖啡之後，才去韋來東的辦公室。
沙小姐看到我，她說：「等一下。」自己走進韋來東辦公室。足足一分鐘才出來，我相信韋來東給了她五十秒鐘的指示。
「賴先生，請進去。」她說。
我走進私人辦公室，韋來東笑容滿臉。他伸出一隻瘦骨嶙峋的手，熱心得有如銀行經理在接見大存戶。

「呀，親愛的賴，我的好孩子，」他說：「你還真是一個活躍的小傢伙——非常非常的活躍！你也真能東跑西跑。真的，一點也不是蓋的。」

我坐下來。

韋來東把兩條掃帚眉湊成一條直線，把他的眼鏡推上鼻尖，用冷冷評估的眼光看著我。為了緩和僵持的局面，他把嘴巴拉成一線，以示在微笑。

「賴，昨晚分別後，你做了些什麼事呀？」

「推理。」

「說起來你真聰明，什麼石油公司，虧你想得出來。現在你告訴我，賴，你怎麼想出這樣一個進見的方法的。」

「我認為是個好辦法而已。」

「是個好辦法——非常非常好。事實上太好了。」他說：「現在，我要知道，是什麼人向你告的密？」

「沒有人。」

「一定是我們有了內奸。有人在對付我。像我這種地位的人，是不允許有人來懷疑我的名譽的。」

「這我能瞭解。」

「謠言是有腳的，會變質的，最後會扭曲到幾乎聽不得的。」

「我也相信。」

「假如你聽到什麼關於我執業的謠言，說是我有辦法打破投資條例——我很希望你能告訴我。我會非常慷慨給你——表示謝意的。」

「我什麼也沒有聽到過。」

他的眼睛變小。「原來如此，」他揶揄地說：「我突然才明白過來。你自己對自己說：『現在我要去看韋律師，要叫他開口說話。用什麼方法使他開口最有用呢？——呀！有了。我來告訴他我要打破投資條例好了。』」

「信不信由你，正是如此。」

「吹牛。」

我抽吸著我的香菸。

他觀察我一下，然後他說。「要知道，唐諾——我叫你唐諾，因為我看你始終像個小孩子。不過，我不是說你幼稚，是因為我比你老得多。我對你是像父親愛護兒子一樣的。」

「真的？」

「完全真的。要知道你是非常精明的。你有特殊性格，我非常欣賞。我最近調查了你的過去——你當然知道我為什麼這樣做。」

「我知道。」

他笑了。笑出聲來，又變成咯咯的癡笑。「我知道你是知道的。」他說。我們兩個相對不吭聲，然後韋來東繼續道：「我發現你曾經受過法律教育。我發現法律教育是任何事業的最佳基礎。」

「尤其是法律事業。」

他把頭向後甩，大笑道：「沒有什麼意義的幽默，孩子，沒有意義的幽默感。你要知道，一個人有你那樣敏感的感受力，可以在法律事業上賺很多錢——假如有人給他正確指導的話。對一個年輕的律師來說，要開辦一個自己的事務所是非常困難的事。要辦公室、傢俱、圖書費，還得有客戶上門。」

「我也知道。」

「但是已經有聲名的老人，有時肯提拔後進、有能力的人。甚至可以給他機會，做自己的合夥人。」

我什麼也不說。

他說：「我發現，你和冤情伸訴委員會曾經爭辯過一件法律倫理有關的事。你告訴一位客戶，怎麼能謀殺一個人，而可以逃避法律責任。」

「我並沒有告訴他這一類事情，我是在討論抽象法律。」

「但是，委員會的人不這樣想——委員會的人也說你誤解了。」

「我知道他們怎樣想。但是我的理論成功了。事實上我沒有錯。」（註：見新編賈他在他那迴旋辦公椅上晃來晃去，咯咯地笑。「沒有錯，是成功了。」他承認：「我正好認識委員會裡的一個人。我和他談到這件事，他還感到非常的窘。」

「你自己也辦了不少事，花了很多功夫。」我說。

「有必要時，我會的。多半是智力的，不是體力的。我發現體能不如人的，往往會代償地多用腦力。」

我說：「好啦，我們兩個兜圈子也兜夠了。柳依絲在哪裡？」

他用他看起來一節一節的手指，撫摸他自己的下巴。「我很高興你替我開了個頭，我還一直在擔心，怎樣可以轉入正題呢。我——」

秘書伸一個頭進門來。「有個長途電話，是來自——」

笑容自他臉上極快消失，有如他取掉一張面具一樣。他不能忍受似地狺狺咆哮道：「我告訴過你不准打擾。我告訴你該怎麼樣就怎麼樣。給我出去，不要——」

「是河谷鎮來的長途電話，那人說是重要得不得了。」

韋來東想了一下。「好吧，我來聽。」

他自桌子上拿起電話。他的臉沒有任何表情。只有他的眼，看得出來他是集中精力的。過了一下，我聽到電話被接送來，韋來東說：「哈囉——是的。我是韋來東。你要什麼？」

我聽不到電話對面的聲音，但是我能看他臉上表情。我先看到他蹙眉，然後他的眉毛抬起一點點。他的嘴巴閉得緊緊的。他向我看一眼，好像是怕我是專業的竊聽者，或是怕我能自他另外那隻沒有靠電話的耳朵，聽到對方在說什麼。我的不關心態度使他放了一點心，但是因為這是實在太機密的事件，所以格外的小心是人情之常。他用手掌把話機包起來，雖不在說話，但心理上又保了層險。

過了一陣，韋來東把手自話機上拿走。他說：「這件事不是開玩笑，你得要百分之百的沒問題才行。」然後他又把手放了回去。

他又聽了較久一段時間，他說：「好吧，再見。」他把電話掛了。他思慮地看向我，把左手握成拳頭，右手手掌包住左手拳頭用力地壓下去，壓得左手指關節一個一個在響。他拿起電話，對他秘書說：「給我一條外線。」他撥鍵盤，很小心，不使我看到他撥的是什麼號碼。他說：「哈囉，我是韋律師——你聽著，仔細聽著。我要這件事倒過來作業——不論你賣給了什麼人，你從他那裡買回來。立即停止出售！而且是把賣出的全買回來！是的，目前我不能告訴你為什麼——不方便。照我指示去做——這樣告訴你好了。『下面』好像比你想像的要好得多多——每一件事都符合你宣傳的。——再說清楚些好了。每一個人可以說三分鐘。假如他說的是真的，假如他說的還不如事實好，假如事實要比他說的好很多很多……對了——你懂了。你不該再浪費時間了。這種事守不了多久密的。把所有的人都找回來，立即展開工作。」

他把電話再次掛上，轉向我。一時想不起我們剛才談到哪裡。

「柳依絲。」我提醒他。

「喔，是的。」他說，於是他的臉再一次固定於冰凍的微笑。「唐諾，你不知道，這個年輕女人對你的印象有多好。」

「真的？」

「真的，一點也沒有錯。」

「我真高興知道這一點。」

「應該的。這對你會有很多好處的。要知道，我是一個老人，聰明的老人。在她想要做什麼戲劇化的行為時，她會請教我的。」

「你認識她很久了嗎？」

「是的，很好的一個女孩子——很好的女孩子。」

「那好極了。」我說。

「我對她要保護你，倒沒有什麼詬病，」他說：「但是，我也不會寬恕她在這件事上的無知。」

「不寬恕？」

「不寬恕，至少目前不可以。我知道，唐諾，一個接近絕望的人，抓住什麼算什麼，什麼事都會做出來的。我有一點是非常不欣賞的，怎麼可能堂堂大丈夫，做了事情不認帳，要拖一個女人出來，把她放到事後共犯和幫兇的位置。」

「真有這種人呀？」

「我也如此勸告過柳依絲。唐諾，我告訴你，今天早上我曾經和她談過。我在十點半和她有個約會。我告訴她，最好的自救方法是到我辦公室來，自白一下，她是在保護你。」

「你的意思是把她的證詞顛倒？」

「可以這樣說。」

「現在，假如她跑進法庭，宣了誓說，我賴唐諾，並不是那個走進旅館裡去的人，也沒有什麼用了，是嗎？」

他真的笑了。「是的，唐諾，是的。你真的是有法律頭腦的。你看，她會說你賄賂她不要說你就是那個人，事後，她去請教了律師，律師說如此的話，她變成了事後共犯，於是她後悔了——唐諾，你是有法律頭腦的，這樣說，你就很明白了。」

「很明白了。」

「我知道你會明白的。」

「我很明白。」

「謝謝你。」他說。這下他連牙齒都露出來了。「你看我也是非常有法律頭腦的。」

「好吧，你想要什麼？」我問。

笑容自臉上消失。他直視我，一本正經地說：「我要金見田聲稱要交給別人的最後那一批信件。」

「為什麼？」

「唐諾，我是個律師，這件事不問可知。」

「但是，我就是要問。」

他說：「我的當事人將因為謀殺罪受審。在這件案子中，陪審團是否有偏見，比證據有無還要重要，這些信件會使陪審團團員發生偏見，其結果是非常可怕的。」

「信件一到手，你為什麼不立即銷毀掉呢？」

他向我猛眨眼皮，「我不懂你什麼意思，唐諾。」

我說：「信本來已經到過你的手中。你要銷毀這些信，使地方檢察官永遠看不到這些信。但是，你決定把信交給雅泰來燒燬，而你可以拿到三萬元。當然信還是銷毀了，一如你的初衷。只是你多出了三萬。」

他細細品味了我的推理。慢慢地點頭。「這種想法妙極了。唐諾。妙極了。正如我常在想，兩個頭腦加在一起要比一個頭腦好得多。一個年輕人，尤其是有天才的，會想到老年人疏忽掉的。你一定是想到我要給你合夥的建議，這是很好的進身機會，唐諾。」

突然，他的眼光變硬：「但是，目前，唐諾，你別忘了我要這些信件。我不是一個容易被忽視的人。我重視你有天才，有能力，希望你重視我要這些信件。」

「你給我多少時間？」我問。

他看看手錶，「三十分鐘。」他說。

我走出去，他想和我握手，我看都不去看他的爪子。

我回到偵探社的辦公室。白莎又買了一張桌子和一架打字機，兩個女人已比較熟悉她們的工作，兩個人都在打字，似乎都很快樂。我走向白莎私人辦公室門口，把門打開。

柯白莎，在看她的晨報，手裡拿了一支長長雕花的象牙菸嘴。她說：「老天，唐諾，你真會到處亂搗。」

「又怎麼啦？」

「電話，」她說：「一大堆的電話。都不肯留下名字是什麼人打來的。都想知道你什麼時候進來。」

「你怎麼告訴他們的？」

「我說我不知道。」

「男的還是女的？」

「女的。」她說：「年輕女人。從她們聲音就可以聽得出來。老天，好人，我不懂你對她們做了些什麼——你又不像范倫鐵諾，你自然不是貌似潘安。而且，你又不是盯著女人不放，你有的時候甚至把她們摔在路旁，但是女人一個一個和你沒完沒了。而你，見一個愛一個，老天，唐諾，你要不能把女人看成『人』這種動物，兩性中的一性而已，你就永遠不會成為一個好偵探。」

「還有什麼要告訴我的嗎？」

她怒視我說：「再沒比你臉皮厚的，唐諾，你是我的雇員，別忘了。」

「沒忘呀，每天為你賺一百元。」

這句話很中聽。「請坐，好人，」她改變態度。「別在意我。我昨天沒睡好，今早脾氣不好。」

我坐下在客戶專用椅子上。電話鈴響起。

白莎說：「一定是什麼女人又來電了。」

「你先聽一下。」我說：「假如是柳依絲，或是薄雅泰，我就接，其他就說我不在。」

「這兩個女人！」白莎說：「又同時愛上兩個女人！那個柳依絲嘛，不過是普通一個爛貨。雅泰是個有錢人家女兒，你不過是她的新玩具。她會和你玩玩，玩到她拋掉你。然後她在路上即使看到你，也不會再——」

電話不斷在響。我說：「你就先接電話。」

白莎拿起電話野蠻地吼道：「哈囉。」以前電話進來都先由卜愛茜接了轉過來，現在卜愛茜在幫我守費氏投資公司的電話，所以直接接了進來，這也是白莎抱怨的原因之一。

白莎聽對方講了些什麼，我看到她臉上表情改變。她的眼睛變成嚴肅了。她說：「多少錢？」於是她又聽。她向我瞄一眼，又向話機說。「但是，我不懂為什麼……好吧，既然你沒有這個權……那麼，什麼時候……豈有此理，我要說話的時候別老打岔。你給聽著，假如你沒有權可以承諾你說的交易，你怎麼可以……。懂了。多少錢？……今天下午我會告訴你，讓你知道……不行，今天下午——不行，一點鐘不行。要之後，三點鐘……好吧，好吧，兩點鐘。」她掛上電話，一臉疑惑地看向我。

「案子有什麼新發展嗎？」我問。

「不是案子的事。另外一件事——前天一個男人來這裡，說他要占我三分鐘時間。當他三分鐘用完後，我告訴他。他還以為他講得那麼精采。我會忘了時間，但是我當然不給他過關——唐諾，你為什麼在笑？」

「沒什麼。」我說，過了一下我又問：「他們願意付多少？」

「誰？」

「賣給你股票的人。」

「你怎麼知道那是賣給我股票的人。你怎麼知道我買了股票？你一直在幹什麼？偷看我在做什麼？你是不是開過我的辦公桌，你有沒有——」

「別亂來，」我說：「我對你清清楚楚。」

「嘿！你對我清楚！」

「不但我清楚，別人也清楚，」我說：「那是推銷股票老把戲。」

「什麼老把戲？」

「告訴別人只要三分鐘時間，三分鐘一定說完。事實上，三分鐘後還一直在講，受騙的人拚命表示你是不容易受騙的，一直在提醒他三分鐘到了，於是忘了問他本來應該問的正經事。這是高壓推銷術的精華之點。」

白莎看向我，吞了兩次口水，拿起電話，撥了一個號碼，她說：「我是柯白莎。我考慮過了。我要了……好吧，把錢準備好——我說鈔票。我不要什麼鬼支票。」她把電話摔下。

「他們出多少錢？」我問。

「不關你事，你都在做些什麼？」

「想辦法無所不在。」

「什麼叫無所不在？我出鈔票，叫你查一件謀殺案，而——」

「千萬不要有這種想法，」我說：「沒有人出錢要我們破什麼謀殺案。我們是受雇來不使薄雅泰有困難的。」

「她現在非但有了困難，而且比以前更糟了。」

「我們仍受雇在工作呀。」

「那麼你去工作呀，去忙呀。」

「我們是說好工作一天，付一天錢的，是嗎？」

「是呀！」

我點著一支紙菸。

她恨得咬牙切齒，她說：「唐諾，你有時候使我恨得要把你撕成粉碎——想起來了，你對橋田又怎樣了？」

「沒怎麼樣呀，為什麼？」

「他打電話來，再也不給你上課了。」

我說：「我傷了他的心了。」

「怎麼會？」

「我告訴他，他這兩手只能在體肩館裡玩玩。我有兩個朋友說他只能對付假刀假槍。我又告訴他那兩個朋友，隨時都可以把他拿來當猴子耍，我和他賭五十元——」

「什麼人的五十元？」她打斷我，大叫地問。

「姓薄的錢。」

她向後一靠，稍稍好過一點。

「要他做什麼？」她問。

「要他拿這筆錢。」我說。

「然後怎麼樣？」

「證明他是對的。」

「那麼你該繼續去學他的課程。」

「我想橋田是在想有人利用了他。」

「唐諾，你怎麼會知道，三分鐘那回事是高壓推銷術的詭計？我怎麼從來也沒有聽到過？」

「到底他們騙了你多少錢？」

「他們沒有騙我的鈔票。我倒可以雙倍把我的錢弄回來。」

「多謝。」我說。

她只是坐在那裡生我的氣。過了一陣，她說：「總有一天我炒你魷魚。」

「也許不一定需要，韋來東要我去做他的合夥人。」

「什麼人？」

「律師韋來東。」

柯白莎自桌上湊過來。「好人，你給我記住。你不會要回頭去做法律業務的。你知道會有什麼結果。以前發生過的又將會重現。你才建立好社會基礎，你骨頭就在癢，你又會做一些事，刺激得那些委員會的假頭髮無知之徒呱呱大叫。於是你又要上街壓馬路，餓了肚子找工作做。你在這裡不錯。你有工作做，你能賺——」

「賺做律師業務的十分之一鈔票？」

「但是，好人。你有前途——前途。再說，你也不願意離開我。你有我要依靠你呀。」

我聽到外辦公室裡發出激動的聲音，然後是快步的聲音。私人辦公室的門一下被拉開，柳依絲站在門口。一位我們的女秘書站在她後面，踮起腳，自她身後向前望，一面半熱心地想用手把她拉回去。

我說：「柳小姐，請進來。」

柯白莎說：「我想她不可以進來。天下那有這樣進別人私人辦公室的。她應該出去等候通知再——」

「坐這裡，坐這裡。」我說，一面站起來，把客戶專用的椅子讓給她坐。

柳依絲跨進門來。柯白莎說：「我不管她是何方神聖，唐諾，沒有人可以——」

我把門關上，把我們的秘書關在門外。我說：「依絲，有什麼事？」

她說：「律師迫著我要我出賣你。我要你知道，我不會如此去做的。」

「你有沒有告訴他，你會如此做的？」

她眼光閃爍了一陣。「有。」隨後加上一句解釋道：「不說行嗎？」

柯白莎道：「唐諾，你給我聽著。你不能走進來自以為是這裡的主人。你沒有權請別人到這辦公室來。」

我對柳依絲道：「她要你出去。」

柳依絲站起來。她的眼睛水腫著。我看得出她哭過。「唐諾，沒關係，我只是要告訴你一下。」

「昨晚你打電話給他？」

「什麼人？」

「韋來東。」

「有。」

「為什麼？」

「他是我朋友——喔，不是你想像中那種朋友，而他是——」

柯白莎插嘴道：「唐諾，你聽著。這件事，我們現在立即，當時，馬上，解決。倒不是我們要不要和這位小姐講話，而是在這個辦公室，什麼人是老闆的問題。你看——」

我對柳依絲道：「她要我們兩個人離開這裡，看來還是馬上走比較好一點。」我走向門口。

我稍稍遲疑一下，讓這句話的語意進入白莎的腦子，白莎突然把雙手扶向椅子扶手，把自己撐著很快站起來。「你給我回來。」她向我喊道：「這件案子，你不能讓我一個人在暗中摸索。那韋來東到底想幹什麼？他在欺騙——」

我把門打開，服侍柳依絲出門。

「唐諾！你小混蛋，你聽到了沒有！你回來——」

門在我身後關上，把她的聲音切斷。我在兩位秘書張口瞪眼下，扶了依絲經過大辦公室。我打開通外面走道的門時，白莎也及時打開了她私人辦公室的門。她知道，想追上我們也是沒有用的事。她的肥軀和過重的噸位，使她怎麼也趕不上我們的，所以，在我們走出門去的時候，她就站在私人辦公室門口，一隻手支在門框上沒有動。

在走道上，我說：「依絲，你聽著，有一件事，我必須知道，千萬別騙我。是什麼人把這些信交給你的？」

「信到金見田手上之前，我從來也沒有見到過。」她說：「而我根本不知道，是什麼人把信交給他的。」

「丁洛白？」我問。

「有可能，但是我不知道。」

我站在電梯口，按按鈕。「那金見田除了住在旅館裡之外，自己還有住的地方嗎？」

「沒有。」

「另外沒有住的地方？」

「除了和我在一起的時候。」她說。

偵探社大門打開。柯白莎自門裡邁了出來。上行電梯正好在這時上來，電梯門打開。兩個男人走出來。其中一人步向偵探社。另外一人向我們兩人瞄一眼。他突然停住說：「喔，比爾。他在這裡？」

那一個在前的走回來。兩個人中的一個給我看一眼警徽。「好了，朋友。」他說：「跟我們走一趟吧。」

「說什麼人呀？」

「你。」

「為什麼？」

「地檢官要和你談談。」

「我不要和任何人談，我忙得不得了。」

上行的電梯又下來，電梯的門打開，兩個警探把我推進電梯裡去了。柯白莎一面走一面大叫：「等等，我也要下去。」

她自走道下來，儘快在走著。開電梯的人把電梯留在這一樓，電梯中有一位乘客在竊笑。

白莎一腳跨進電梯，電梯向下沉了一下。開電梯的把電梯門關上。柯白莎轉身，面向電梯門。她不在意地把我們其他人擠向電梯裡一點。她沒有和我說話。

一行人一起無停留地一下到了底層。從電梯到大廈門口，還有長長一個走廊，兩旁是大廈裡公司行號的名牌和香菸攤。柯白莎第一個走出電梯，她開始走向走廊。我站在一旁，要讓柳依絲先出來。在我右側的警探說：「比爾，不要放那女人出去。」一面把我推出走廊。走廊上還有另外三個男人。他們都靠攏來。大家一起向前走。我對警探說：「等一下。這是幹什麼？」

他什麼也不回答。一個男人，坐在高高的擦鞋台上，一個黑男孩在給他擦鞋。我根本沒有注意到他，他大叫道：「就是他！就是這個人！」

全場的人都停住了。我抬頭看他。那個坐著在叫人擦鞋的，正是那旅社命案發生當夜的夜班值班人，他伸直手臂用一隻手指指著我。

警探露出他的牙齒：「好了，朋友，他在一群排列整齊的人當中指認了你。」他轉頭向電梯方向道：「比爾，把女的帶來吧。」

很多事湊在一起發生了。露出牙齒的警探對湊過來和我一起走路的三個男人說：「你們三位可以走了。我們找你們的時候，記得要隨傳隨到噢。」另外那位警探把柳依絲帶到前面來，柯白莎根本不看後面發生了什麼事，逕自走向走廊上的公用電話間，把自己擠進去。但是電話亭的門卻關不起來。我看她投入硬幣在打電話。她把手半遮電話受話器，使別人聽不到她在說什麼。旅社的夜班值班人自擦鞋台上下來。他的一隻鞋亮，一隻鞋髒，兩隻褲腳管都是捲起來捋上去。他跳呀跳的興奮萬分。他的手指仍指著我道：「這個人，就是這個人。燒成灰我也認識。」

他看向依絲，跑到她前面。「看，依絲，那邊那個人。就是那個人，這個人是——」

依絲說：「華竇，你瘋啦？不是那個人。是有點像，但不是那個人。」

他奇怪，不能相信地看向她。「怎麼啦，是他呀。錯不了的，他是——」

「身材差不多，」依絲道：「但是，來旅社的人肩要寬一點，要重一點，可能大一兩歲。」

職員懷疑地猶豫著，看向我。

警探說：「別傻了，你沒有見到她和他在一起玩，她是在保護他。」

職員臉色雪白。他說，「豈有此理！依絲，你來告訴這條子。他在胡說。」

「根本就是胡說八道。」依絲說。

「當然是胡說。依絲在管一個香菸攤，她必須和每一種人應酬一下，但是要真正的——」

「去你的，」警探說：「她在利用你。你還在迷糊什麼？這個男人就是和你談話的那一個。你知道這女人怎來這裡的？她正在和他想從同一電梯下來。他們要去她的公寓。」

職員自警探臉上看向依絲，又從依絲臉上看向我。我看來他眼中傳出恨意。他氣得發抖。「依絲不是這種人，但是這個人是那種人。我發誓，他就是命案當晚來到旅社的那個人。」

警探向我獰笑。「怎麼樣，朋友？是你嗎？」

「不是的。」我說。

「喔，那太不幸了。一定又是一件指認錯誤。你肯幫我們把這件事弄清楚嗎？」

「當然。」

「那麼我們一起去那旅社看看。」

我說：「不行，絕無此理，我們就在這裡弄弄清楚。再不然，既然地檢官要見我，我們就去看地檢官。」

「不行，朋友，我們先去旅社。」

「你想在那裡發現什麼呢？」

「喔，我們可以看看。再試試你小刀的刀鋒，會不會正好和門上的孔配合。」

我搖搖頭，「你假如想把我弄到那裡去，把什麼榫頭要裝到我身上來。我有權先見一個律師。」

「朋友，你要是自認有罪，我們讓你坐在那裡，希望你什麼也不說，找一個律師代理你。假如你是無辜的，希望把事情澄清，我們也願意把事情幫你澄清。」

「我希望幫你們澄清，但是我不願被你們在街上拖了東跑西跑。」

「你本來想去哪裡？」

「要去薄家。」我說。

「做什麼？」

「我在那裡有一份工作在做，我還有行李在那裡。」

警探的臉上露出狡猾的臉色。「好呀！」他說：「我們叫輛計程車，一起去薄家拿你行李。」

「你們來這裡不是本來有車子的嗎？」我問。

「喔，」他說：「擠不下了。」

他走回去面對柳依絲道：「好了，妹子。你的現在情況正好在三叉路口。你要是不指認這小子就是兇殺發生當晚到旅社去的人，我們就照謀殺案事後從犯來辦你。你想走哪條路？」

「他不是那個人。」

「我們知道他就是那個人。你真的只有兩條路走。你好好選擇。指認他，不然就跟他坐牢。」

柯白莎，現在正走向電梯，聽到他這句話，停下來。「我聽到了。」她說：「你是在恐嚇證人。」

警探看向她，臉上揚起怒容。「走，走，」他說：「這是警察在執行公務。」他把衣襟一翻，出示他的警徽。

白莎道：「去你的！那一塊錫，對我一毛不值。我親耳聽到，瞭解你怎樣在恐嚇，威脅這位小姐。你的意思是，假如她肯做偽證，就一切沒問題。如果她照真實作證，你要用事後共犯來辦她。」

「你去管你自己的事，少來湊熱鬧。」警探不耐煩地說。

「誰說的，天下事天下人管，我偏要管，偏要管。」白莎潑辣地說。

柳依絲平靜，堅決地說：「他不是那個人。」

夜班值班人馬華竇說：「依絲，你知道他就是那個人的，你為什麼……你想幹什麼？你為什麼要保護他，你和他有什麼關係？」

「陌生人一個。」她說：「我一生中從未見過他，相信你也沒有。」

抓住我的警官說：「比爾，帶他們全去薄家。我們搭計程車去。我要把姓賴的和小姐隔離，你使她不要和那夜班職員講話。」

「讓她儘量開口無所謂。」另外那警探說：「越講自己越套牢。」

柳依絲對夜班值班人說：「華竇，你仔細看，就知道他不是同一個人。你根本沒有像我一樣仔細看過他——」

警探說：「我說過，不可以講話。」

馬華竇道：「我該怎麼辦？你要我——」

本來抓住我的警探現在抓住馬華竇。「你跟我們走。」他說。

馬華竇跟著我們走。褲腳管在小腿一半以上捲著，樣子很狼狽。

我們走進一輛計程車。其他的搭警車一起走，不過走在前面用警笛開道。我不知道白莎是用什麼方法能先我們去那裡的，反正我們的車在薄家門前靠邊，我們一出車子，白莎就在那裡。警探看向她：「怎麼又是你，陰魂不散的，這件案子和你有什麼相干的，還不滾開？」

白莎道：「這位年輕人是替我在做事，我已經電話通知了一個律師，他十分鐘內可以到這裡來。薄先生要見我。你要是想擋我的駕，我們可有得官司好打了。」

「我們這裡不需要什麼律師。」警探說：「我們來這裡，是把事情弄弄清楚。賴應該寫一張自白書。我們不找他麻煩。」

白莎嗤之以鼻。

警探們彼此互相討論了一下，我們都向裡走。

「薄小姐在家嗎？」一位警探問管家道。

「是的。先生。」

「請她出來。馬上出來。」

「是的，先生。請問你們貴姓。」

警探把衣襟翻一下。「我們是公事。」

管家匆匆向裡走。

雅泰的腳步聲自樓梯口響起。

下來了四階，她停在樓梯上，她已能看到我們了。根本不需我們告訴她怎麼回事。她站在那裡，眼睛比以往圓一點，大一點。然後她把下巴向上抬起，大步下來說道：「怎麼啦，唐諾？發生什麼事了？」

「我們現在有領隊。」我說。

那位一直在主持大局的警探向前道：「你是薄雅泰？」

「是的。」

「你聘請這位先生為你拿幾封信，有沒有？」

「我沒有做過這種事。」

「那麼他在這裡做什麼？」

「給我爸爸訓練體能。」

「亂講。」

她盯住他一看，身體稍稍向後，挺起腰來。使警探自覺失言了。她說：「我想他不會請你們來我們家。我當然更沒有歡迎你們來。」

比爾說：「警官，我們取他指紋如何？」

「好主意。」

他們抓我要取指紋，我奮力抗拒，但是他們還是抓住了我手腕，取了指印。

比爾說：「來吧，賴。浪費時間大家沒有好處。你的指紋和我們在旅社發現的有幾個相同。」

「那一定是栽贓。」

「當然，你那天晚上不應該把兩隻手借給別人的。」

我說：「給我看，哪些地方雷同？」

警探們聚在一起，開始把我的指紋和他們帶來的指紋比照。我聽到樓上雜亂的腳步聲，然後是薄太太和卡伯納自樓梯上走下來。他滿臉關心，而她準備好要依情況發展，也許看一場戲，也許自己來表演一場戲。

她那俗不可耐的自傲味道，反倒比雅泰的高貴氣質有用，警探們順從了一些。

「怎麼回事，你們在這裡亂哄哄的？」薄太太說。

「我們捉到了兇手。」一位警探說，靜靜地看向我。

「唐諾！」她驚奇地喊出來道。

他點點頭。

我又聽到重量的腳步聲。那是洛白由地下撞球房上來，站在門口。

薄雅泰趁機靠向我道：「爸爸已經在趕回來的路上了。」

薄先生不久也就到了，進來的時候，這些警探們仍湊在一起對那些指紋，他們對不出什麼名堂，所以指紋卡傳來傳去，大家把指紋卡依了光線測來測去。希望找到某一個指紋和我的指紋雷同。我非常高興，當時在旅社裡我始終是戴著手套的。

薄好利過來，站在我邊上。

最大的警探移向馬華賫。馬華賫越來越確定。他不斷加強語氣地點頭。兩人移向柳依絲，柳依絲一股勁地搖頭。

薄好利問：「唐諾，這到底是怎麼回事？」

柯白莎抓住他手臂，把他拉向一側，低聲說話。

我對那警探道：「這些指印，不能像你理想那樣符合，實在對你太不利了。你想偵破這件案子，是嗎？」

「好吧！聰明人，」他說：「你想說什麼儘管說吧。等我們把你修理完畢，你就會說出不同的故事來了。」

我用頭斜向卡伯納的方向，我說：「你為什麼不試試他的指紋看看？」我說：「看是不是會符合。」

「廢話，我們在找的男人是你的身材——簡單來說，我們是在找你！」

「好吧，」我說：「你假使不去查一下他的指紋，失之交臂，多可惜呀。」

即使如此，我仍舊不相信他們會去查對卡伯納的指紋，但是他們看到了他變了色的臉。

警探移向他。「只是常規檢查。」他說。

卡伯納一下把手移向背後。「你們要幹什麼？你們以為自己是什麼人，可以要什麼有什麼？我要到上級去告你們。」

我點上一支紙菸。

吃公家飯的互相對看著，然後集中眼光在卡伯納身上。卡伯納可比我更不合作，他先說了很多恐嚇的話，然後他想逃離現場。終於，他們還是取到他的指紋。只是稍一對比，其中一員警探馬上取出了手銬。

薄太太道：「伯納，這什麼意思？他們想幹什麼？」

「這是個誣陷，」他大叫道：「我怎麼能承受他們這樣對我？」他掙脫想來銬他的人，向走道跑去。

「你給我站住，朋友。」負責的警探說。

卡伯納在走道上跑，警探掏出手槍。薄太太大叫。

警探說：「再跑，我就開槍了！」

大家聽到跑步聲停住。警探走向他。

我對薄好利道：「這件事就如此結束了。」我轉過身來，和雅泰的眼神邂逅在一起。

第十六章 信件下落

柯白莎在太陽浴走廊上找到我和薄雅泰。她看向我說：「唐諾，好人。我真的不瞭解你是怎麼知道的，但是，你真會伸手進帽子拖出了一隻兔子來。」

「他承認了嗎？」我問道。

「沒有，但是指紋符合，可不能假的。他們在他身上發現一支槍。警官們認為這是兇器。他們已經送去彈道檢查了。」

雅泰拍拍我的手背。

白莎站在那裡向下看我們。「好了，唐諾，向小姐說再見，這裡剩下的工作，都該由警方負責了。我們回去。」

「回哪裡？」雅泰問。

「回去工作呀。」

「但是，他正在工作呀。」

「不是這件案子，這件案子已經結束了。」她平靜地走出太陽浴走廊。

「有件事想不想試一下？」

「什麼？」雅泰問。

我說：「這些信。有一個地方有可能找得到。」

她趕快向四周一看，看有沒有被別人聽到。「哪裡？」她問。

「車子在外面嗎？」我問。

「在。」

我們自後門偷溜出來，溜進汽車。開出院子。遠處警笛聲在接近，不止一輛。

「唐諾，告訴我，可能在哪？你又怎麼想出來的？」

「我太笨了。」我說。

「你笨？」

「嗯哼。」

她大笑。

我說：「這件事。一開始就看來是內線人做的。柳依絲知道信件有調包——也知道這裡發生的一切事。警官們帶我去她公寓時，她本來是要讓他們進去的。然後她看到了我，決定在門口走道上談。我當時就知道裡面有我認識的人。應該一定是洛白。我把一切都推到洛白頭上，但是不能完全符合。我忽視了最明顯的可能性。」

「什麼意思，你當然不會說卡伯納溜進我房間，把——」

「不是他，」我說：「你繼母。你還不能明白嗎？你在家，你爸爸才感到家的存在。你出門旅遊，他無所事事，他寂寞無助。他不和你說，因為他想你也大了，該有自己的生活了。你反正將來也得結婚，離開家裡。所以他想找個老伴，再造一個家。你一回來，他一定十分後悔了。薄太太也知道了真相。是你的小動作，使她明瞭一切的。」

「你的意思，信是她拿的？」

「是的。」

「為什麼？」

「把你牽進『殺妻案』，把你名譽徹底破壞。她認為如此可以控制你。」

「她把信怎麼處理呢？」

「交給卡伯納，希望卡伯納能交給地方檢察官。卡伯納有他的看法，所以他交給金見田，金見田看到了自己可以弄兩萬元用用，但是仍舊有足夠的信可以交給地方檢察官。但是歸他的錢一到手，他就在賭博上輸掉了。於是逼得他要用最後一批信，再來弄些錢。」

「你爸爸發現你在付錢。薄太太自你爸爸那裡也知道了你在付錢。卡伯納發現金見田在暗中欺騙薄太太，也欺騙了他。因為她的目的。是要信到地檢官手裡去。而他的目的，是要信的一部份到地檢官手上，所以才讓金見田參與，但金見田做過了頭。」

「我還是不太明白。」她說。

「韋來東當然知道信件的事，因為廖漢通一定會告訴他的。當一個人面對被控謀殺的案子，他當然必須什麼都對他律師說。韋來東要確定這些信被毀，不致曝光。他心中想，你應該懂得燒掉在你手中所有的信，但是他要清楚地知道信還在不在。他認識卡伯納，他知道卡伯納可以隨時進你家作客，所以他請卡伯納注意一下，希望這些信已經毀掉。

「於是，卡伯納一定把消息告訴了薄太太，而她見到了把你混入醜聞的機會，使你大大丟臉，可能自動再出國，而且永不回來。因此她溜進了你的房間，偷走了那些信。她把信交給卡伯納，叫伯納不要交給韋來東，反而一定要叫他交給地方檢察官。

「卡伯納只要薄太太這樣說，他根本不在乎欺騙韋來東，但卡伯納自己看到了可弄錢之道，才把信交給金見田，並且編出了一個故事，說要分三期把信送回給你。造出這個計畫，的確很惡毒，因為每次你付錢都拿回信來，只有最後一次，那些信會去地檢官手上。於是，卡伯納和金見田可以分那二萬元，同時，那地檢官還是依照薄太太的心願，得到了信件。而這些最後一批的信，才是所有信中的精華。」

「但是金見田決心欺騙每一個人。在他的立場，他不覺得該把信無償地交地檢官。那樣無錢可撈，最多也只有地檢處一封謝函。他也不在乎有一封他們的謝函。他要出賣這最後一批信給你，他有很多困難，不把信給你，你不會付錢，把信給了你，卡伯納知道他欺騙了他。左思右想之下，他想出了一條可行之計，那就是假裝把信給你，半路上把信調包調回來，拿去交給檢察官。

「但是卡伯納不能全信金見田。薄太太則不能瞭解，為什麼卡伯納拿了信還無法交到地檢官手上。你聽到薄太太和卡伯納的談話，是她在對卡伯納說，事情要快辦，早點把你牽進案子去。」

「兇殺案怎麼回事？」她問。

「卡伯納本不想殺任何人的。」我說：「但是他知道你要去見金見田。他在想也許金見田會欺騙人。他自己在旅社本有個房間，發現四二一空著，用萬用鑰匙把房間鎖弄開，等機會通過了和四一九的連通門。沒想到因為我住在四二一，他回不來了，金見田在廁所逮住他，他只有殺掉他，才能離開。

「事實上，卡伯納太想撇清他自己了，他急著告訴你，他在命案現場的附近，在命案發生的時間，見到你。他完全忘了，這種申訴等於自己承認，命案發生的時間，他也在命案現場附近——否則他怎會見到你呢？」

「他什麼也沒有承認。我繼母會給他請個最好的律師，官司還有得打呢。」她說。

「好極了。」我說：「他們打他們的。」

「但是，信件的事，會不會被牽進去呢？」

「地方檢察官拿不到這些信，就不會。」

「那麼，信在哪裡呢？」

我說：「你這樣來看好了。卡伯納不知道信在哪裡。韋來東不知道信在哪裡。他們把旅社裡的房間搜過了——真正的搜了。金見田去旅社時，信在他身上。而他沒有離開旅社過。顯然的，這些信也沒有離開旅社。」

「唐諾，你什麼意思，你是說信仍藏在那一個房間裡？」

「也許。」我說：「但是當我研究金見田的性格時，我覺得他不會那麼冒失。」

「那麼，他把信怎麼處理了？」

我說。「馬上會揭曉了。」

我把車開到郵政總局。我走過去，走到留置信件招領窗口，我走向前問：「有沒有留交水賈騏的信？」

一位寬肩高個子在筆劃為序的很多格子中，拿出一封信交給我。信封上寫著「郵政總局留交水賈騏先生。」

我拿了信封，回進汽車，把信封交給雅泰。「你看看這個，」我說：「是不是你在找的東西？」

她撕開信封，沒有拿出裡面的東西，就迫不及待伸手進去，把信封撐開，向裡觀望。她的臉色告訴我一切都沒有錯。

「唐諾，你是怎麼知道的？」

「只有一個可能，那就是他把信拋入電梯邊上投信的鋼管。你在他房裡時，信在他身上。過不多久，他被殺了，信不在他身上。兇手沒有拿到。韋來東沒有拿到。柳依絲不知道信在哪裡。信只有可能去一個地方，投郵了。」

「這個男人，當你在他房間裡的時候，並沒有表現什麼紳士風度。但是，當你站起來要離開的時候，他倒巴巴結結地送你出去，替你按上來電梯的鈕。他如此做的原因，是因為投信管就在電梯的邊上。他想在你一下樓之後，立即把這些信脫手。」

她說：「韋來東在這件事中，又是什麼角色呢？」

「一開始他騙過了我。」我說：「他既是廖漢通的律師，他自然會問起他有沒有其他女人，廖漢通把你的事告訴他，又告訴他信件的事。韋來東要得到它，他求助於卡伯納。卡伯納問到你繼母，你繼母一口答應設法拿到。她確實拿到了，但是她一點也沒有把你置之事外之意——相反的，她要把信交給檢方。好了，其他你都知道了。她要信交給地方檢察官。卡伯納和金見田想藉機弄兩萬元，然後把信交給檢方，顯然，在謀殺案發生後，韋來東才知道自己被耍了。然後柳依絲主動聯絡韋來東，告訴他實情。當然他很生氣。他希望能在檢方見到這最後一批信之前，先弄到他自己手中來銷毀。」

她說：「光憑腦袋來推理，你還真是一流好手。」

「不見得，我該挨揍，我一開始就走上了岔路。我以為韋來東是全程參與的。我以為他想從這些信自己弄三萬元，然後讓你來把信毀去——但是，顯然這些事與他無關，反倒是卡伯納和金見田在出賣他。」

「然而，他為什麼現在肯答應代表卡伯納？」

「錢。」我說。

她想了一想問：「你怎麼知道他會用『在信封上的名字』？」

「那是金見田的真實姓名。我昨晚問柳依絲問到的。」

「你那時候已經想到，信是從投郵管裡走掉了的？」

「是的。」

「卡伯納不知道金見田要把最後一批信賣回給我嗎？」

「不知道。金見田完全自作主張的。卡伯納只是懷疑而已。他不敢不依你繼母命令不把信交給檢方的。你繼母對他重要，韋來東不算什麼。」

她想了一下。「你現在要帶我去哪裡？」她問。

「去普門大樓。我要和費啟安先生的女秘書談一下。」我故作神秘地露齒笑道：「要她在交回一張股權和放棄一個礦業公司合約之前，一定不要忘了向他們收一萬元現鈔。」

雅泰說：「唐諾，你能騙他們那麼多嗎？」

「全力以赴。」我向她保證道。

我們來到普門大樓，進入費氏銷售公司。我開門的時候，卜愛茜趕快把裝著雜誌在看的一個抽屜關上。「噢！」她說：「是你。」

我把薄雅泰介紹給她。我看到愛茜對她印象很好。

「當那推銷員回來的時候，」我說：「告訴他，費先生開會去了，不在辦公室。就說十五分鐘後他會打電話回來，你可以在電話上和我談話。告訴他，費先生不喜歡傳話。而且，可能有一兩天之久，費先生不會回這個辦公室。」

她自左側寫字桌抽屜拿出速記本，很快記下我的指示。「還有什麼交代嗎？」

「他會要求你打電話找我，傳給我一個訊息。過二十分鐘後，你可以回他電話，告訴他，我說的，我可以忘記所有的合約約定，假如他們肯付一萬元現鈔。而且告訴他，少一毛也不行。」

「還有呢？」

「沒有了。告訴他，你要一萬現鈔，你可以叫他們先把現鈔存在白莎的銀行裡，由銀行作保，在我簽給他們一切證件後，我們才能領錢。」

她用鉛筆快速地記下我一切的指示。

「還有嗎？」

「沒有了，」我告訴她。我轉向雅泰：「看看我的私人辦公室如何？」

她點點頭。我們走進我的辦公室。關門的時候，我看到愛茜在看我。我說：「愛茜，不論什麼事，別打擾我。」

雅泰坐在辦公桌對面有靠背扶手的長椅上。我坐在她旁邊。

「唐諾，這是你的辦公室嗎？」

「嗯哼。」

「用來幹什麼的？——我的意思是為什麼另外要個辦公地方？」

「做一點礦業股的投機買賣。」

她看向我道。「你總是什麼都先有安排，胸有成竹的，是嗎？」

「也不見得。」

「有關信件的事，我什麼也不提，是嗎？」

「任何人都不提。」我說：「我們來看看信封。」

她把信封交給我。我一次一封把信燒掉，然後又把灰燼用手指磨成粉末。

剛把信件全部處理掉，我聽到外面辦公室起了動靜。先是重重的腳步聲，然後是柯白莎砰然把門打開。薄好利正跟在她後面。

柯白莎說：「唐諾，好人，你離開時，為什麼招呼也不打一聲，你要到哪裡去。無論如何你要知道，你是替我工作的。」

「當時我太忙呀。」我說。

雅泰跳起來，環抱住她爸爸，她說：「噢！爸爸，我好久沒有如此快樂了！」

他把她推遠一點，以便看著她問：「每一件事都解決了嗎？」

「百分之百。」她說。在她爸爸臉上留下了一抹口紅印。

柯白莎疑心地看向我。

薄好利轉過來問我道：「怎麼樣，年輕人？」

「什麼東西怎麼樣？」我問。

「有什麼要說的？」他問。

「沒什麼要說的。假如你在問那件事的話，我不過做了我應該做的事而已。」

「兇殺案又如何？」

「什麼東西又如何？」我問。

「顯然卡伯納是在那房裡的人，但他拒不承認。薄太太又匆匆進房打電話，為他請了一個律師。」

「她請了什麼人？是韋來東嗎？」

「是的。」

「這下可有得韋來東忙了。」我說：「謀殺是件大案呀。」

「你是不是可以幫忙，使這件謀殺案弄清楚一點呢？」

「關我什麼事？」我問：「這是警方的事。我們何必插手？」

「為了伸張正義呀。」

「我想你自己希望，離婚可以在不宣揚的情況下，偷偷進行的，對嗎？」

他點點頭。

我說：「在這種情況下，選韋來東來替卡伯納辯護，是非常好的選擇。」

他站在那裡看了我一陣。然後說：「你又對了。白莎，我們走吧。」

柯白莎道：「我要卜愛茜回我的辦公室去。」

「再過兩三天，等我把這裡的工作結束後，你可以把她要回去。」柯白莎看看雅泰，看看我，又看向薄好利。她說：「既然如此，唐諾，你知道我的座右銘。這是辦公時間，閒雜人等統統給我出去。」

「什麼人是閒雜人等？」我問。

她又環顧一次，用手向雅泰一指。

薄雅泰把下巴抬起。「抱歉！柯太太。」她說：「據我看來，本案尚未結束。我還有一些事要談。」

「我是開偵探社的。這個年輕人是我雇用的。公事找我談，私事下班談。」雅泰道：「我不受你牽制。你也許不明白，我們每天照付一百元，柯太太。」

「你是說——」柯白莎重嘆一聲。她立即明白了，她說：「我先回偵探社去。」她又向薄雅泰道：「照這樣的價錢，你租他一個月也無所謂。」她一下把門打開，邁向外去。

薄好利說：「唐諾，等會見。」又向白莎道：「等一下，柯太太，我也跟你去辦公室，我還有些小地方要和你商量商量。」

我聽到薄好利一面撤退，一面咯咯，咯咯地在笑，我聽到白莎把通走道的門砰然關上。用的力量，大到玻璃隔間不斷地在搖。我和薄雅泰在辦公室裡——沒有別人。

相關精彩內容請見《新編賈氏妙探之4拉斯維加，錢來了》

新編賈氏妙探之3 黃金的秘密

作者：賈德諾
譯者：周辛南
發行人：陳曉林
出版所：風雲時代出版股份有限公司
地址：10576台北市民生東路五段178號7樓之3
電話：(02) 2756-0949
傳真：(02) 2765-3799
執行主編：劉宇青
美術設計：吳宗潔
行銷企劃：林安莉
業務總監：張瑋鳳

出版日期：2023年1月 新修版一刷
版權授權：周辛南
ISBN：978-626-7153-53-6

風雲書網：http://www.eastbooks.com.tw
官方部落格：http://eastbooks.pixnet.net/blog
Facebook：http://www.facebook.com/h7560949
E-mail：h7560949@ms15.hinet.net
劃撥帳號：12043291
戶名：風雲時代出版股份有限公司

風雲發行所：33373桃園市龜山區公西村2鄰復興街304巷96號
電話：(03) 318-1378
傳真：(03) 318-1378
法律顧問：永然法律事務所 李永然律師
北辰著作權事務所 蕭雄淋律師

行政院新聞局局版台業字第3595號 營利事業統一編號22759935

定價：299元　

國家圖書館出版品預行編目資料

新編賈氏妙探. 3, 黃金的秘密 / 賈德諾(Erle Stanley Gardner)著；周辛南譯. -- 臺北市：風雲時代出版股份有限公司, 2022.12　面；　公分

譯自：Gold comes in bricks
ISBN 978-626-7153-53-6（平裝）

874.57　　111016197